L'abécédaire de la littérature

字母會

p

摺曲

comme Pli

L'abécédaire de la littérature

P comme Pli

目次

L'abécédaire de la littérature

字母會

P如同「摺曲」

comme Pli

楊凱麟

異質力量帶來真正的改變，生成了不可思考的凹折、彎曲、轉向、往復、歪扭、打結、陷落、波……，簡言之，由筆直成為摺曲。世界拐彎，生命衍異，因此有迷宮最初與最小的單元。迷宮就是「異質力量—摺曲」的多重製圖學，而生命不過是這些蜿蜒圖層的堆疊與表達。

因為摺曲而有真切意義下的流變，由直而彎，由同一而殊途，有多少摺曲就有多複雜豐饒，以及或許，必要的迷途。生命無可預測，因為生命只是不斷重複的差異、改道、迷蹤，甚至失調、爭執與齟齬。如同一條曲扭彈性之線（彈、蹦、跳、扭、甩，巴洛克教堂上堆疊的線條），並以此差異於另一生命。

必須把問題推演至極。促成摺曲的異質力量總是來自「域外」，不落入可測度的規矩，因此總是歪曲，跳脫直線的因果鏈結，不可預測與不可思考。

摺曲以二維曲線寓意生命的究極變易，因為種種「不直」而有新意。在三維平面上則衍生另一含義，當萊布尼茲說「每個單子都是宇宙的濃縮」時，他將整個宇宙摺入了單子之中。在宇宙等級（但以分子尺幅來操作）的這一摺迫出了思想的狂暴渦旋：數量無限的單子構成了宇宙，但宇宙又塞擠摺入每個單子。「須彌藏芥子，芥子納須彌」的萊布尼茲版本。神的這一手幻化無量百千萬億，無窮大與無窮小的張力不在大小的對峙，而在於須彌與芥子、宇宙與單子間所撐持開合的相互吞食與弔詭含攝，芥子纍纍而成須彌，須彌卻摺進粒粒分明的芥子。這個「神摺曲」以極值律法操演著不可能的含納收攝，「在空間最小值裡的物質最大值」，短篇小說的絕佳範式。

試著將宇宙摺入一顆個性因此差異的單子裡，在一根針尖上召集所有善惡天使。宇宙無限大，天使無限多，無法度量與爆棚，摺曲以極值律法展現等同於事件的創造性，以及更重要的，由此律法所表達的無限操作與無限差異。

每一個摺曲都是二種極值所共構的強度連續體。世界的放大不在於體積的無限加乘，不在於設想一個沒有邊界的宇宙，相反而弔詭的，世界的放大存在於簡單實體之中，在世界自身的迷你摺曲裡。對無窮大的尋覓不在於直線加乘，而是凹折逆反到無窮小之中。

最小不僅不是最大的逆反，而且是最大的放大與延伸，每一個被表現出來的最小值都是最大的「加值」，都比最大還大（或弔詭地，最大比最小還小）。摺曲意味著翻過極值後將碰觸逆反的極值，摺曲的空間就是這個碰觸與交會，是由一個極值到另一極值的破格延伸與生機運動，最遠的同時也可能被虛構地摺曲成最近的，它們在摺曲中被賦予一種鄰近關係（T．S．艾略特說：在我的結束裡有我的開始……），成為一種強度的布置與一種強勢的虛構，這就是文學的現實。

L'abécédaire de la littérature

字母會

P

摺曲

comme Pli

胡淑雯

登上纜車，在青翠的樹冠之間爬行五千兩百六十二公尺，換車，自山頂向下滑行六百七十三公尺。下坡的盡頭，就是「法國」了。

抵達法國之前，我跟媽媽困在峴港國際機場，回程的機位滿了，候補不上，都是我的錯，我太大意了。正因為峴港不是河內，也不是胡志明市，一週僅有兩個直飛臺北的航班，一個疏忽就走不了了。當你低估一個人或一個地方，以為可以恣意來去，全憑自己的方便，這人這地方就會展現他的邊界，教訓你的輕慢。小道消息說，電視購物臺包下了這個航班所有的空白機位，改裝成五天四夜的廉價旅行團，已經售罄。我算了算，轉機到河內或胡志明再飛臺北，要多花好幾千塊，白白虛耗半天的時光，「不如多住一天吧，」我說，「把轉機的票價拿來支付旅費，不但綽綽有餘，還能免去轉機的風險。」媽媽一口就答應了，她向來是個乾脆的人。只要不回家，只要還有得玩，在哪裡玩什麼都好。

問本地人哪裡最漂亮，人人都指向同一個地方。我說，觀光客該去的景點我都去了，我們想去你們最喜歡的地方。只有在這樣一個萬事低廉百事可樂的國度，才敢冒這種險。這一點，說起來，跟他們的前殖民者倒有幾分相像。於是我來到這裡：法國。一個位居北回歸線以南，身處熱帶季風帶，高溫三十一度，低溫二十三度，均溫二十七度的，四月的夏天。

在櫃檯買票後，穿越涼亭，餐廳，迴廊與花園，由越南本地的「會安」站出發，半小時後抵達「馬賽」，步行三分鐘，到「波爾多」轉車，五分鐘後抵達「羅浮」。纜車懸浮在山頭與山頭之間，把人送進雲裡霧裡，山間水氣澎湃，朦朧了遠處的山脈，媽媽拿起手機正要拍照，乳白色的黑暗包圍過來，吞噬了三百六十度環狀視野的透明車廂，白茫茫的密不透光，就連前後的車身，那鮮烈的紅色外觀，也消失在濃稠的乳色當中，溶化了似的。霧色洶湧似海，令人心生敬畏，感覺腳下必是深不見底的峽谷，而那預計抵達的遠方，會不會被置換成一個，沒有的地方？心思隨纜車跌宕，忽而一束陽光穿透，眼前一閃，腳下一片青翠的樹頂，有蝴蝶在其間顫動，啊，是令人放心的，熟悉的熱帶。

出了羅浮站的閘門，無縫接軌直接進入羅浮宮。世界拐彎，凹折為迷宮的最初。羅浮宮四壁清涼，滲出熱帶走廊的溼氣，屋頂矮矮的，沒有吊燈或水晶燈，牆上的壁畫是油漆工的仿作，一幅幅像稀釋了的草圖，就連草圖都夠不上。為了表現歐洲古典藝術的冷闊與高尚，塗抹了大規模不知名的戰爭，與宗教性的死亡，牆上鋪滿了聖經典故，中世紀傳說，耶穌與聖人的苦難，十萬火急宣告著，這裡是歐洲，這裡是法國。整座迷你羅浮宮兩分鐘就走穿了，矮仄的廊道擠滿了人，像尖峰時段的地下鐵通道，難民般無助的觀光客挨著預設的動線緩緩向前。牆面開了通風口，陽光陰陰偷進來，照亮了微微積水的地面。這裡剛剛下過雨。

媽媽躁動著，心生雀躍。機場裡的搬運工沒有騙我，路邊的排班司機也沒有騙我，這地方真的是，真的是，本地人熱愛的樂園。星期四上午十點，這裡已然湧進成千上萬的人。巴黎的右邊是里昂，里昂的隔壁是土魯斯，接著是尼斯，順著環形動線繞下來，抵達史特拉斯堡，轉個彎，就是馬賽與波爾多了，正在施工的則是「拿破崙大舞廳」。我目瞪口呆，耳朵裡漲滿了聲音：人潮，歡呼，樂隊的鼓聲，喇叭，小號，長笛，豎笛，踩高蹺的小丑，現場演唱會的電鋼琴，電吉他，麥克風傳出的二重唱。感官超載，我只能癱瘓感官以求自保了。有誰提著一把菜籃子，把童書中的這個那個裝了進來，滿到溢出來。不是糊裡糊塗亂揀的，而是精挑細選過的，為了呈現一種品味。而眼前所有的人，彷彿沒有一個例外，全都同意這個品味。每一個人都帶著不可思議的笑容，每一個人都在拍照。我最好趕快適應這滿目荒唐，適應這爆炸性的噪音，以減輕這炙熱的痛苦。我還有半天的時間，也只有半天的時間。當我發現自己在笑的時候，已經分不清可笑的是別人還是自己，是這個地方還是我的處境。我笑得太凶太長以致笑出了滾滾熱淚，震動了五臟六腑，意外舒暢了身心，竟感到可以原諒自己，也原諒這個地方了。好好笑喔，我無聲對自己呢喃著。好好笑喔。那就笑吧。媽媽妳要拍照嗎？我幫妳拍……媽妳向後退一點，再向右走兩步，這個角度比較好，可以把城堡跟教堂都拍進去……。

當然，這裡是不講法語的。只聽得見幾種亞洲語。越南話是大宗，韓國人與中國人也很洶湧。一個大媽坐在石階邊上，踢掉鞋子揉著疲倦的腳盤，身上的衣服綴滿亮片，胸前印著兩個大字：double disaster。哎呀，她知道自己穿著「雙重災難」嗎？雙重災難這語彙，是給年輕貌美的瘦子拿來標誌風格的吧，設計師未免太欺負人了。我拉拉媽媽的袖子，再次重複一直以來的叮嚀：千萬不要把外國字穿在身上。

這裡的白人都是假的。不是法國人，也不是歐洲人，多半是離亞洲最近的澳洲人，女人比男人多。男人是樂師，是歌手，是街頭魔術師，有的扮成海盜，有的扮成王子。而女人就是女人，單單是女人就好。她們的工作，主要是，在人群中走來走去，將此處就地走成歐洲，展示體膚，髮色，與身高，適當地微笑。她們只需要是自己，就能領到比園丁比廚工比建築工更高的薪水，這自己還必須是最膚淺的那一層自己，白種的自己，女性的自己，不能再多，也不可以太深，沒必要說話，但不妨倚在花園的長凳上讀書，坐在草地上野餐。不對，她們不是自己，而是扮演著「自己」的演員，為了滿足觀光客對法國的誤解，頭戴花環，身穿當代歐洲人再也不穿的落地蓬紗裙，供眾人拍照與合照。而顧客真的都很滿意，他們真心感覺自己終於置身美麗的巴黎，那滿足的表情，喜悅的相機，看得連我都要感動了。

「妳不要笑，」媽媽說，「人家花了很多錢，做得很認真。」

「對呀，」我說，「作假做得很認真，就連外國人也是假的。」

「男人假裝愛一個女人，裝久了也像真的了，」媽媽顯然不服氣，繼續為這裡辯護：「妳看我做人家的媳婦，做人家的太太，也做得很認真啊。」她並沒有說，「我當媽媽也當得很認真啊。」因為我不是她的親生女兒。

正午的陽光很烈，我領著媽媽進「聖母院」避一避。這座玩具教堂裡面沒有神父，沒有管風琴，椅背上沒有口袋，不存在的口袋裡沒有聖經，只有蹦蹦跳跳的孩童，不斷拍照的遊客。假得剛剛好，不會讓人誤以為這裡可以，可以告解或祈禱，就連在椅子上坐一坐都不得安寧。門外不見塞納河，附近也沒有「莎士比亞書店」，倒是有幾組新人在拍攝婚紗。新娘的裙襬拖在地上，掃過雨後的積水，狼狽，笨重，沾滿汙垢。那裙襬才是現實。

上一場雨的氣味還沒退散，眼看新的雨就要落下，我們推開咖啡廳的大門，發現門後並沒有賣咖啡，倒是有個清潔婦在整理廢棄物。歌劇院裡沒有座位，法庭裡沒有被告，郵局裡沒人上班，花店也不賣花，一切純是表象，也僅僅做到表象，足夠讓人拍照就好。反正旅遊就是不斷拍照，不知疲倦地拍照。一切假得剛剛好，不會讓人錯覺這裡可以生活。就像《大亨小傳》裡，蓋茲比家裡那座圖書館，每一本書都可以翻頁，不像別的富豪家，成片精裝書都只是空心的殼。然而重點是，蓋茲比的那些藏書，沒有一頁是割開讀過的，「假得專業而充滿誠意，卻不會用力過當，」小說中那個長得像貓頭鷹的男人說，「假如每一頁都割開了，那就太做作了。」一陣滴滴答答之後，果然下雨了。這裡的雨滴好大，像在慶祝什麼。我跟媽媽躲進遮陽棚底下，看大雨穿過陽光，人群撐開各色的傘，或鑽進成排的餐廳裡面。溫熱的雨腥撲鼻而來，這是西北雨的味道呀。一個落著午後雷陣雨的歐洲，下著西北雨的法國。等雨的時候，我發現自己弄錯了，剛剛那座教堂並不是聖母院，而是聖丹尼教堂。但是不要緊，反正它們在這裡看起來都像一個蛋糕。

放晴後，擁擠的樂園簡直要爆炸了。纜車一趟一趟無窮無盡吐出不竭的人潮，觀光團凶猛而至，迅速占領了「愛情 Amour」，一座令人眼花撩亂的超級花園，跟地獄一樣分了好幾層。層層疊疊的人群中，有個老太太吸引了我的目光，她的背已經駝了，拄著拐杖，黝黑的皮膚閃耀著強韌的光澤，看起來像是舉家出遊，自助而不是跟團來的，一行人前前後後有十幾個，人人的皮膚都黑得發亮，像討海的人，聲音被海水與烈日燒得沙啞，眼尾爬著深深的皺紋。他們講越南話，在旅遊的征途中看起來都有點累了，依舊張著明亮好奇的眼睛，拎著圓盤狀的大餅，素白的長棍麵包，香蕉，柳橙，白開水，正在尋覓陰涼乾燥的地方，準備用餐。他們手中沒有皮包或提袋這種東西，自備的糧食裝在塑膠袋裡，跟他們喜悅的心一樣透明。上午八點入場，下午六點半清場，一張票要抵上好幾天的工資，當然要早出晚歸地玩，一毛錢也不打算多花。總算，在花園旁邊的酒窖外，找到一樹蔭涼，可以開始用餐了。在金錢壟斷的地貌與滔滔不絕的遊客中，也只有這樣的一點餘地了。

這家人解救了我。讓我稍稍感覺這地方再怎麼可笑，還是可以忍耐的。到後來，我也以生存之姿鬆開身體大手大腳卡位，高聲斥罵插隊的人，替媽媽拍照。不再分神整理儀容，也不計較坐姿與吃相了。像是在適應環境，否則真是待不下去。也只能這樣了。好在樂園總有關門的時候，時間在盡頭等待，一旦知道忍耐是有終點的，事情就沒那麼可怕了，反而可以用另一種官能去觸摸那無可迴避的一切，就像歧生的異肢，第三隻手臂，伸向唯有自己可以抵達的空間。我坐上一截橫斷的樹樁，感覺自己的皮膚變成油亮的葉子，熠熠發光。有小手小腳沿著樹身爬上我的大腿，是一種沒見過的昆蟲，鮮黃色的甲殼一動，一掀，欲振欲飛，上面有綠色的圓點，寶藍色的翅翼震動著，一層下面還有一層。這昆蟲的體型僅有瓢蟲的一半，卻華麗地擁有那麼強勁複雜的機關。而我總算在這裡，看到真正美麗的東西了。雖然，無所不在的罐頭音樂依舊轟得我無所遁形：瑪丹娜被強勢凍結在一九八四年，反覆唱著〈宛如處女〉，瑞奇馬汀被困在一九九八年，還在扮演異性戀。兩個大明星在樂園的每一處害怕空白的角落，雨棚下，廁所外，垃圾桶旁，永無止盡輪唱著各自的成名曲，像是在服無期徒刑。

突然，媽媽指著遙遙的遠方，說，「我要去那裡。」她指的是一尊佛像。一尊白色的巨佛。我們無論逛到哪，總能瞥見它圓圓的後腦，時而看見它渾厚的背。研究了地圖，推測它位在「愛情花園」東南角，面向十二號景點。而地圖上的十二號景點，是一條登山列車，起站叫「愛情」。我們到了十二號，反而看不見大佛了。而所謂「登山」，登的是一塊被鑿禿的小山坡，列車只有一節，終點站就是花園。我們迷路了，回到原來的地方，按照地圖的指示再走一遍，卻又再迷路一次。向園丁問路，向階梯上賣冰的小販問路，向車站裡整隊的女孩問路，來回試了幾趟，怎麼也找不到大佛，看不見它的臉。百般困惑不解地登上一列上行的纜車，想從高處向下觀望，下車的時候卻發現搞錯了方向。我們跑到樂園之外了。離開了「法國」，回到旅程的起點，而售票與驗票的閘門已經空了。下午四點半以後，這裡就不再收人了。

一個警察走過來，驅趕我們。我以英文向他解釋，我們只是迷路了，請他讓我們回去。我們訂了裡面的住宿，已經付清了。警察搖搖頭。我拿出飯店的房卡與隔日的早餐券，試圖向他證明我沒有撒謊。警察繼續搖頭，對著呼叫器說著我不懂的話。他的腰間配了槍。我再次觀察了他的制服，發現他不是警察而是軍人。我翻出地圖，解釋迷路的經過，再次展示飯店的房卡，指著餐券上的日期，強調明天，是明天，我們今晚要住在裡面。他要我交出手機，我不肯。我不懂這事與我的手機何干。我就這樣在收班的票口跟配槍的軍人戰戰兢兢吵了十幾分鐘，終於，來了一個女人。她穿著飯店的制服，銜命與我重新溝通一次。經過幾番雞同鴨講，我總算懂了：從軍人的角度看來，地圖，入場券，房卡，餐券，都可能是借來的，也可能是偽造或撿來的，只有一個方法可以證明我們確實迷了路，「妳們必須拿出手機，出示今天的照片，」她說，「如果妳們已經進去過了，就一定會有城堡，教堂，羅浮宮的照片吧。」沒有，我一張照片也沒拍。我沒有從事「正常」的觀光行為，無法通過檢驗。只有「正常人」才能過關。但是沒關係，我拿媽媽的手機為她拍了好多。媽媽可以為我們證明，我們是從「法國」來的。

總算，在查看了媽媽的手機，滑過了兩百張媽媽的笑臉之後，軍人點頭了。工作人員領著我們，重回纜車的閘口。天色暗得很快，帶路的人也走得很快，這是通向纜車的那條路嗎？跟我記得的似乎並不一樣。上車的一刻，我發現車廂的顏色並非來時的正紅，而是柑橘明亮的黃，車體的形狀變了，內裝也不一樣。啊，這是另一道纜車的入口。

原來，進入法國的管道不止一種。

薄霧中，傍晚的光線與上午略有不同，媽媽就算很疲倦了，依舊興致勃勃地拍照。「有什麼不一樣嗎？」我問。「當然不一樣啊，」媽媽說，「這條線底下有溪流啊。」我躺在椅子上，感覺身體彷彿被霧氣托了起來，輕飄飄的，於是分外意識到，纜繩與車體間的扣鎖，那輕微而不安的晃晃震動。我不會說這一路就像一場夢，這說法太俗了，配不上這裡的俗。

下了車，出了站，大佛在夕陽中面向我們。原來你在這裡呀。

媽媽仰頭看著大佛白色的臉，將雙手合十，對著祂無聲傾訴起來。就像世界上所有的母親，向她認得的神祇祈禱。拜託自己的癌症別再復發，拜託兒孫平安長大，也許就連過世的父母她也還在操心，希望他們無痛安詳。請上蒼保佑兒子不見起色的小事業，女兒沒有著落的婚姻，丈夫即將動的眼睛手術。最麻煩的是一直闖禍的長子，他說謊行騙的習慣，恐怕是一種頑疾，不可能轉變了。

大佛垂著溫和的雙眼，絕不否定什麼，也沒有答應什麼。

旅程即將結束，日落後過了今晚，她就要回家了。

L'abécédaire de la littérature

字母會

P

摺曲

comme Pli

黃崇凱

老師說，想像一件襯衫有沒有，你伸出右手穿入右手邊的袖孔，拉好，再伸出左手穿入左手邊的袖孔，拉好，輕輕捏住兩邊開襟，從上到下，一一把鈕釦穿過開口，撫平。你就穿好襯衫了。像穿好襯衫那樣，感受你的上半身伏貼在每一吋纖維，這樣你就完成一半了。

老師在入門課程丟給我們的是一些短篇故事，角色少，場景少，互動不多，為的就是讓我們先建立點基本感知，從模仿開始揣摩，一個環節一個環節慢慢學起。之後再上進階課程、高階課程，逐漸邁向足以塞進一個人、塞進兩個人、塞進三個人，直到你可以塞進一座城。

當然囉，從一個人到一座城需要大量的練習和時間，即使是老師，也只能偶爾編寫出一座城。課堂練習得先從某種情境開始寫起。我正在練習這個：

想像你是被綁架到鄉間廢棄屋的富商，相隔一個月，警察破獲救出你。

初學者最容易犯的錯就是數量。我花了幾百分鐘設想這道題目，寫出來是富商被匪徒以繩子綁走，囚在荒草蔓長的破平房，略過時間長度，警察破門壓制綁匪，肉票大難不死。老師問，怎麼都是一個，你覺得這可能嗎？多點細節，多編幾個角色進去。接著犯的錯是觀點。老師說你怎麼一下富商，一下旁觀，又一下是隱藏攝影機？你自己說該怎麼改。記得，你只要做一件衣服，其他用畫的。我又花了幾百分鐘改寫。最後我得到一個總長度約十分鐘的情境。富商很胖，運送到鄉下的廢棄KTV包廂，房間地上擺著三張椰子床墊。富商被脫到只剩內衣褲，皮膚蒼白如病，他的鬍碴沾滿口水和砂土，稀疏的頭髮亂竄，身邊有兩個平頭小弟就近看管，同樣只穿著內衣褲，一個穿哆啦A夢四角褲，一個穿太陽旗四角褲，嘴唇染著褐紅，散發檳榔鮮味。富商待在廢棄的破包廂，覺得渾身被幼細的沙塵裹圍，滲透到肺泡裡，喘不過氣，怕自己離廢棄物不遠了。守著他的兩個年輕男人膚色黝黑，均拿著手機玩遊戲，一室沉默。

他沒被綑綁雙手雙腳，算是軟禁，給他的便當溫熱，菜色跟另兩個相比沒更好，也沒更壞。要拉屎撒尿，可以，包廂很多間，一次輪一間，不夠就第二輪，奉上溼紙巾。要洗澡，可以，同樣奉上溼紙巾，自己擦。富商肥不耐蹲，每回大便如氣喘發作，扶牆站立直逼昏厥，臉上爬滿汗痕。富商在沒有窗戶的房間便祕著，從沒這麼渴望讀點什麼字或訊息，就連飲料杯封口的冷笑話都記得牢（Q：蜜蜂停在日曆上，猜一成語。A：「風和日麗」，因為蜂和日曆。）。他不是沒想到死，只是盡量不想。他注意到每個包廂都有些遺留物，大多是破杯、酒瓶碎片，放倒的桌椅沙發，翻翹褪色的壁紙。每個包廂的喇叭門鎖都挖空，只要他說要拉屎，二人組之一會起身捏幾張報紙、一包溼紙巾、一個塑膠袋，到了定點鋪好讓他方便。拉完他得自己包起報紙，放進塑膠袋綁好，放在原地。大糞混油墨味聞多了，他覺得自己是被豢養的一條狗，還能自理排泄物。

他想過無數回到底是誰要弄他，始終沒答案。

老師體驗到這裡說，可以了，朝這方向寫下去就是。

接下來是塞入其他人的練習。說塞，有慢慢推送進某個軌道或孔洞的動作意涵，我們彼此緩緩塞入。我的視線低矮，只能看到浮腫的人類腳踝，一雙藍白拖鞋在旁。我擡頭又低頭，確認自己是條狗，不確定是什麼品種。塞這種角色實在偷懶，我完全可以想自己的事，隨身體本能撒尿，聞嗅，繼續構思未完工的富商綁架案。老遠即知我正前往一處有濃密同類氣息的所在，封閉，沉滯。先是鐵捲門吱吱升起，外頭的光射入，黑暗深處有從許多個喉頭底部放出來低頻悶聲，間雜幾許高頻音。過道兩側有散落的雜毛、年老的屎尿凝結，我被牽到一處打著強燈的圓形舞臺。我以為我是來交配的，綁在木頭架上背對我的卻是一個女人。我可以聞到她分泌出來的黏液，清晰得像一條母狗。藍白拖搓揉我的性器，不能控制的勃起，他抓起我的前肢，雙腳行走靠近。光打得更強，我感到灼熱，莫名，他想把我的性具塞進那個女人的肉縫。塞爆了。

我問小明怎麼老寫這種變態情節。小明說不怎麼就是好玩。好玩在哪。你不覺得人獸交很酷嗎我們哪有機會真槍實彈。但我是人你把我塞進狗體還要我去塞女人？唉沒辦法我身上那些陳年道德感無法刮除只好這樣寫。反正你不是真的狗，那女人也不是真女人，說起來你只是在自慰。

小明說我的富商很無聊，他沒感到一點刺激，只是輪流去不同房間大便，他不想一直大便，那些氣味太單一了（他說：你的屎沒有層次）。不能讓他像洪金寶靈活地抓起筷子或吸管把那兩個嘍囉揍個稀巴爛嗎。我說不行忘了老師教的嗎，不能隨意複寫角色設定。誰知道誰什麼設定啊。小明常亂寫。他有次寫練習，寫一個正在編寫練習的傢伙在編寫一個正在想著編寫練習什麼的傢伙。毫不意外被教訓了。他的想法很簡單，當我們以為故事情節是無故來腦中登記報到的時候，可能是有更高的存在正在編寫我們，就像我們可以編寫另一個時空那般。像是一座大樓，往上或往下一層層還有別的什麼。老師的教訓也很簡單，你說的沒錯，確實可能如此，不過空有想法是不夠的，如果你的創作拙劣、簡陋，有那些想法又怎樣，就只有假而已，那些被你寫的角色場景不都很可憐，還要忍受比較差的造物主。你能想到這些，不正說明了造物主對你還不錯嗎。小明沒有回話。

據說歷史在很久很久以前終結了，我們僅有無限延長的現在。公定說法是人類文明卡在奇點上，一旦越過奇點，文明在加速前進的同時也會碎裂，世界將會土崩瓦解。歷史古老漫長，但我猜歷史之後的時間有如無限捶打展延的金屬，薄薄地握住我們的日常。我們沒有過去、沒有未來，只能站在歷史的身邊假設一些遊竄的故事。以前的人活著總有不可知的未來在不遠處，他們像是在公路慢慢晃盪的巴士，可能遇上劫匪，可能爆胎，可能拋錨，可能車上有人要生孩子，總有事發生。那是由許多人許多事構成的未來，像是一條沒有終止的路。我們卻是在終點之後下車的人，巴士停在那裡不動，沒油了，恰好附近有一小塊綠洲足以生養我們。周圍是黃沙廣漠，我們已搭了太遠的車，忘記出發點也不記得經過多久，就此風化掉未來。狀況是，當你失去了未來，得要一段時間，你才知道往昔也沒了。於是我們都擁有智障般的平靜，沒有足夠的智商應付太老的記憶，預測太新的將來。我們是沒被土地消化掉的塑膠袋，扁平、空乏，一無是處。我們是自身的殘餘。

所有的弟兄民族和英雄祖先總有個開始，我們沒有，我們就是我們自己。我得抱歉，可能我讓人誤會「我們」至少也有個一群人，十幾到百來甚至成千上萬個不等，其實只有老師、小明和我三個。這個超穩定結構持續的狀態無法用時間描述，老師從一開始就是老師，小明同樣是小明，我就是我。有時我感到倦怠，就廢在那裡發呆，我又明確知悉，要找其他人只能自己創造。有時我也懷疑，真有個造物主把我們三個野放到遙遠的時空之中，不讓我們記得，不讓我們死去，只讓我們無聊至極。或許這裡是個實驗觀察箱，有什麼更巨大的存有正往我們這裡瞧，每隔一段時日探頭檢查。

我繼續編寫富商的故事。得回頭設定時間、地點：西元二〇一五年十月下旬，臺灣雲林縣口湖鄉。看守的小弟甲覺得比當兵還無聊，開著手遊練功依然乏味，又不想跟小弟乙聊天。他無聊到好想去逛逛附近新開張的全鄉第一家全聯福利中心。他想像超市裡的冷氣，靠在冷藏蔬果、冷凍食品櫃附近的冰涼，藉此削減滿室窒悶蒸出來的體味。他實在不該吃檳榔的，嚼得渾身發熱又精神好得無事可做。不吃又頭昏腦鈍，隨時可能不小心打盹瞇了眼。小弟乙倒是直直盯著手機螢幕，叮叮叮回訊息，好像真有那麼多廢話好回。他跟小弟乙此前沒見過，有共同朋友，都是接到上面的指示接管看守富商的任務。他猜找個不認識的來搭檔站哨，大概是為了避免太熟摸魚，甚至彼此掩護摸魚，誤了大事。便當飲料檳榔菸有專人供應，他們沒藉口往外遛達，弄得他們也像一起被關似的。他有點討厭這種感覺。但回頭想想，誰不是從小弟熬起來的呢。他當初為了逃離升學和工作階梯，結果還是得爬另一種階梯。他想像中的逞凶鬥狠只占日常事務的百分之一，大多時候他預備犧牲一隻手或一條腿，也把匕首藏好了，卻只是整晚站在大哥身後，努力裝狠維持嚴肅表情。他最討厭數學，大哥卻要求兄弟學會看公司行號的財務報表做為晉升考核；他最愛打牌，大哥要他們絕不可自己下去打，不然就用四色牌扁他們扁到口吐靜思語。他沒想到規矩這麼多，原來當混混沒那麼簡單。何況大哥之上還有大哥大，大哥大之上是小老大，小老大之上才是真正的幕後老大，不用說，他只是底層小弟，像是當兵得從二等兵開始。他的想像大致沒錯，但實際分層還要複雜一些，打個比方，他像是鄉公所社會課約僱人員，頭上至少有課長、主任、鄉長。而這只是個鄉公所，再上一層是縣政府，往上則是中央政府。總之他想像的黑幫組織是距離遙遠的存在，層級架構資訊不透明，反正上頭交代做什麼就做什麼。他羨慕小弟乙總能眼神炯炯盯著發亮的螢幕。

小弟乙盯著發亮的螢幕，裡面有他護膚按摩店的相好咪咪搓著咪咪給他看。咪咪的背景是廁所，她坐在馬桶上，撩起裙襬，褪下內褲，從奶罩撥出雙乳，搓揉自己給螢幕裡的小弟乙看。她覺得拿著手機自拍的上臂有些瘦，為了哄哄常客小弟乙沒辦法，好歹做一個是一個。小弟乙看得喉結上上下下，說要到隔壁撇個條，小弟甲揮手讓他離開。

對著小螢幕解決後，小弟乙深感絕望。欲望來得如此之猛，消退得如此之快，等待性欲再起的時間還有好一會，那是他對人生恆常感到絕望的時刻。他想老天爺在設計人類的時候一定有犯錯。這種爽快的滋味為什麼不能無限延長下去？為什麼不能想搞就搞？每次只要想到世上那麼多女人從他身邊經過，他卻不能一一剝開她們，就覺得遺憾。他猜富商鐵定是給女人賣了。這種有錢的中年混蛋總是在搞女人，管不住自己下面那一根。他很想知道要是他把自己那一根塞到富商嘴裡會怎樣。他嘿嘿笑了。不可能的，小弟甲大概會阻止他。相處幾天下來，他明白小弟甲就是那種黑幫公務員，忠誠、使命必達，有向上晉升的野心。他聽說這一帶的角頭大哥帶人嚴格，對手下要求不少，很有企業化行事風格，每天還得安全回報。拜託又不是當兵放假。他的大哥比較懶散，只想坐好現有的位置，沒計畫也沒企圖，有事才做，沒事打牌。他樂得被派來做看守。他們所在的廢棄屋附近就是他大哥當主委的廟宇，他每回入廟拿著線香拜一輪，從來搞不清楚是哪些神明，祂們彼此之間的位階又是如何，反正有香爐就插一線香。他突然很想拿一把香插在富商的屁眼裡，這個想法使他歡樂地度過性欲無感的最後一分鐘。他滑開手機，繼續跟留過Line的油壓姊妹亂聊一通。哪個都好，能脫衣服就好。他腦中閃過一幅三隻老虎行走在山壑的景象。牠們的四肢掌心柔軟，尾巴懸在半空左右緩擺，黃黑白毛色層次分明，臉譜似的面孔隨時都在登臺演出。其中一虎的腦內湧出人類的意識，他困惑自己怎麼在這裡跟兩隻肉食畜生走來走去，在疏落的岩石、林木間穿行，他好想吃漢堡、炸薯條和大杯可樂套餐。他厭惡生食，不喜內臟，但在這荒郊山間，他只能跟著覓食中的同伴走來走去。

小明不要亂塞，你寫你的，別來這亂。幹嘛這樣，我好無聊，讓我一起塞啦。你老是這樣，別怨嘆老師挑你毛病。你讓我寫我自己的，寫完請你來塞塞看合不合身。

富商在漆黑的包廂中排便，蹲到頭有點暈眩，可還有一條屎要斷不斷地擠到半途。他在這間包廂的地板發現一本髒汙的筆記本，記錄每天進貨的飲料酒水和廚房開銷。其中一頁邊緣寫著成本要控制在三分之一。富商一向認為做任何事千萬不能用盡全力，一來是催盡全力就沒續航力，沒法做長期打算；二來是用了全力還失敗，挫敗會加倍劇烈；三是不使全力就不確定極限何在，讓人莫測高深。他想到自己起家就是開了間鄉下地方的練歌場，鄉間去處少，附近鄉鎮的晚間娛樂需求全聚集到他那裡。他收入大把資金，再放到房地產套利，愈滾愈多，起家的練歌場頂讓出去，移居城市改玩地產大亨。直到他被綁到這所廢棄ＫＴＶ，直到他看到筆記本，他才恍然想起這裡有點熟悉。

富商每日應付流進流出的數字太繁複，有時他甚至覺得是數字在計算他。他整天在辨識誰是對手，數算到底是誰要弄他，即使被綁來這裡仍是想著一樣的問題。他的汗水漫漶在油膩起伏的臉，剪斷的大便終於嗒的一聲落在報紙上。排泄的氣味威壓包廂，驅趕掉瀰漫的陳舊霉味。小弟甲從門邊舉著手電筒照他，要他趕緊收拾清理。

富商站起幾乎昏厥，全身像被攪拌似的模糊。一個念頭如電刺破他的意識，他裸著下身撞開小弟甲，全力衝向門口，直直奔出廢屋，以此生從未用過的全力積極衝刺，好巧不巧，一輛暗夜飛馳的滿載病死豬的卡車迎面親吻他的跑步渴望。卡車急煞之時，小弟甲乙目睹一道被推碾的身影，聲響都被壓扁了，卡車車斗搖晃著豬圈發酵膨脹的臭，卡車的雙眼晶亮，一具肥胖身軀捲在車輪底下支離顫抖。富商飛起的最後念頭是他沒擦屁股，肛門還有幾絲發癢的殘餘。不久，他的聽覺飄升得比靈魂還高，不知是警車還是救護車的響鈴由遠而近，畫面被收縮到一個沒有體積的點。

這是那隻想吃漢堡喝可樂的老虎旁邊另一隻老虎散步時出現的幻覺。一個富裕到要自己綁架自己才有快感的肥仔，透過強烈的撞擊好把自己塞進另一個世界。那時老虎餓到快昏了，尾巴低垂，放眼只有堅硬的石頭、樹木、砂礫和過於熾熱的陽光。

我說，小明你再雞歪我就塞爆你。
塞爆我？那你就沒有我、沒有老師也沒有襯衫了喔。

L'abécédaire de la littérature

字母會

P

摺曲

comme Pli

童偉格

羽毛

冬天快到了，他去洗衣店，領回送洗的羽絨背心。一如上回見面，洗衣店老闆娘心情看來不太好，當他見她拿長叉，在天花板垂下的排排衣物間搜尋時，心中再次感到很抱歉。好不容易，老闆娘找著了，把背心提到櫃檯。他看著背心，覺得它又瘦了些。事實上，當老闆娘把它叉下時，他就看見它半空爆散碎毛絮。而當他領出它，將它擠掛機車踏墊，載它騎回住處時，他覺得它真是好像一隻活生生的老鴨子，隨風抖擻，抖落一路鴨毛。他覺得它再這麼瘦下去，再過幾年，他就能把它當汗衫穿了。

沒辦法，說來，十數年過去了，連他自己都有點老了。十多年前，他「讀完大冊」，進新兵訓練中心。放完結訓假，就到了分發抽籤日。一如預感，他抽中頭獎，外島籤。他高舉紙籤，報出結果，聽見滿堂鬆了口氣，那是他這輩子，最高功亮節的一刻。那天傍晚，他打電話都不必排隊了，弟兄人人禮讓，硬把他頂到話筒前。他吐納調息，按了號碼，四平八穩，將消息告知他娘。他娘聽完，沒說什麼，如常交代幾句廢話，就掛電話了。準備很久的安慰詞沒機會說，他心裡有點不踏實。他猜想，她會不會正到神明桌前燒香，而後，趁山色有那麼點暗時，獨自蹲進草叢裡藏一會。山村的姑嫂姨婆，難過時都是默默這麼辦的，這是為什麼村裡戶戶有神桌，而有些田的雜草，總是長得特別高。

不踏實也莫可奈何，因抽完籤，如他這樣的外島新兵就禁假了，成了輔導長重點業務。過幾日，他們從新訓中心，被直接解送中部炮兵基地受訓，也沒做什麼，成天就是給幾管二戰遺下的榴炮上油，搬庫存品，或去廚房刷大灶。這樣窮折騰一個月，歲末年終時，他們又給送回島北港都前運營，在那裡等外島船。前運營區占港都一座山頭，天氣好時，從集合場能眺見熟悉的臨海街區，以及另座山頭，他曾讀過的中學。這樣距離，或這樣的隔絕不無特異，不多的自由時間，他就站集合場角落呆望，想不起自己中學時，是否曾留意過這方向。

老人

是在島上，某次深夜獨自站哨，眺見一片光燦月海時，他首次想起這位書裡讀過的老人，像想起一位見過面的人。他記得初始，那只是個百無聊賴的念頭：他意會到這名老人，已經在戰場上，孤獨死去了近三千年之久。他不知道，這能不能叫「早夭」。老人沒留下姓名，所以，大概並非什麼名預言家。說不定，老人真的只是個牢騷很多的老頭，對於自己年紀偌大，還收到徵兵令，且要徒步三個月去打仗這事，很是不爽，因此旅途上，他一路唱衰隊友，預言他們都將客死異鄉，不得返家。老人說對了。於是，他最後留下的這句話，只能是貴如生命的箴言了。他說：「人類最難以承受的悲痛，莫過於人已洞徹局勢，但卻無能為力。」

老人屬波斯軍，參與了波希戰爭。實況看來，老人果真並非預言家，因他說那話時，整場戰爭已逼近尾聲，波斯大軍崩潰在即，他只是將人人心裡有數，卻不願對彼此提及的事，明白說出來罷了。一體龐大的波斯帝國，會敗於散沙般的希臘城邦，原因很單純：那是個能見度不佳，無人可以探知世界全景範疇，鳥瞰一切地理摺曲的時代。無論陸戰海戰，一場戰役最後勝敗如何，熟知鄉土的希臘守軍，都以經濟人力把守緊要關隘，或以口袋形港灣製造陷阱，關門放狗，讓群盲般的遠征軍付出慘重代價。

那是個人們不知世界全景的時代，卻從來無礙波斯兩代帝王，做著「征服全世界」的夢。波斯新王，舊王大流士之子，姑且叫他大流士二點零，當然必須為遠征目的發明言說，他說，這是為了繼承亡父遺志，但其實，這更多是要試探自己手握的權柄與能耐，因此，他動員所有能動員的，把舉國所有走得動的男子都編列成伍，驅趕於路，一起帶上了。

這就是為何這位無名老人，會走在路上的原因。出發前，他得去庫房，再將多年前那套舊軍服找出來穿上了。這大概也是為什麼，當他走在路上，看隊友們為充饑，蝗蟲般吃光地面所有莊稼，從帝國中樞滾出一帶沙漠時，會滿腹牢騷的原因。其實，這挺像是當你從一場惡夢中醒來，發現自己還在另一場惡夢裡一樣。只因多年前，在舊王時代，這樣的事發生過無數回：你好不容易焚毀異邦城池，拓展帝國邊疆，循那帶沙漠回返，看見四野茫茫，所謂「全世界」這概念對你而言，就更愈模糊地大。

探親

聽說，過了就寢時刻，若仍無外島來船航報，沒有整行李命令，那表示在這前運營，他們又多掙得了一日。全軍休歇，山頭以降，營房一一熄燈。石板路溼黏，一些游勇，老菸槍，在「自願」刷完大鍋後，獲贈放風，一個個蹲泥裡，煙斜斜噴，汗直直淌。軍靴積水，渾身菜味，在從港口上襲的夜霧中，他想，一朵香菇，大概也就這般感受。香菇願否在暗黑所在，算明一個個日頭，這是哲學問題。過了就寢時刻，一切皆屬哲學，他們有人，拿出軍用手冊，好深思勾決役期一日。

候運時，週日開放親友探視。第一個週日，營門一開，他就聽見軍官喊他進會客區。他娘到了。他娘背登山背包，中元普渡似的，從背包裡掏出滿桌熟食，最後，搬出一塊裝在塑膠套裡，被壓摺得像磚頭的硬物，交給他。這就是那件羽絨背心：他娘打聽過了，聽說外島冷得不像話。他研究那塊磚，覺得很神奇，完全就是國軍換穿迷彩服前，舊式軍服那款綠。他頗好奇，不知他娘是在山村不遠小鎮上，哪家店裡尋得的。這是一種十分神祕的聯繫：你得在那裡專誠生活到某種程度，那些看來樣樣都缺的街巷，才會對你開放，提供你一生所需，保你至死不虞匱乏。

營門將要關閉，他娘收拾，重填背包。她問他：船什麼時候來。他聳聳肩，這樣的事，知道的官是不會提早告知兵的。他娘點點頭，像是打定主意了，下週日，與更多的他被留置於此的週日，她皆都要這般拂曉預備，風塵僕僕搭車，爬山而來。他不知該跟她說什麼，看她獨自一人，夾在人群中走出去了。晚上，不知道該向誰說，所以他帶點怒氣，向虛空祈禱，要船盡快來。

一生中少有的一次，虛空回應他：第二天就寢後，部隊緊急集合，船到了。深夜進軍港，登船，午間到外島，登岸，轉小艇，他抵達一座更外更小的島。那是理論上的前線，所以並無非戰備狀態之時，即便在島休假時間，亦只能穿著迷彩服。於是，他娘特意尋來，要他帶去的背心，在島服役期間，他一次也沒穿過。事實上，他從來就沒機會將它從塑膠套中取出，抖鬆它，而是保持它，就像母親交給他時那樣的硬物一塊，將它壓在黃埔背包最底層，連同便服等不合宜的個人什物，一同收在部隊庫房裡。

偶爾，受派入庫房整理或清運時，幽暗中，他會尋去自己的黃埔背包，摸摸底層形狀，感受一下它的存在。什麼都不多想時，時間果然過得比較快。畢竟，島上真的也沒什麼事需多想，不外乎同樣就是給遺物上油，搬東西，刷營舍，或者掏糞坑，燒菜渣，燒盡一切多餘與剩餘。

無題

偉大的波斯帝王大流士，某日突發奇想，要征服斯奇提亞人之國，雖然波斯舉國上下無人知曉，具體說來，斯奇提亞人的國土何在。他們是游牧民族。不管，總之先徵召騎兵暨步兵計七十萬員，戰船計六百艘，發軍向西北，找到人再說。前鋒偵搜營累死一半兵，總算找到斯奇提亞人主事者，下了正式檄文。主事者覆文，送來鳥一隻，老鼠一隻，及青蛙一隻。波斯軍層峰面面相覷，不知何解。斯奇提亞人沒有文字。

不管，就當是照會過，要戰了。斯奇提亞人沒有城池需守，毋須像巴比倫人一樣，聽聞波斯大軍將至，即鎖城門，埋黃金，兀自屠殺全城十數萬婦女，以儉省城內儲糧。斯奇提亞人要婦孺駕走原本兼當家屋的篷車，帶上全部牲口，避往就他們所知，無人到過的極北境。整片草原清爽乾淨，只剩一支神出鬼沒的輕騎軍，人數不明，動向難測。他們總在最尷尬的時刻，從後方突襲波斯大營，而當大營整軍還擊時，他們早已溜得無影無蹤，還好整以暇，順路填塞所有水井，收光所有菜蔬。

大流士被打得七竅生煙，屢屢對草原大喊：「別躲了！滾出來！男子漢對決！」結果半毛錢回音也沒。終於有天，這當世最龐大的軍隊，好費力堵到這鬼影般的孤軍。雙方列陣，準備決戰了。突然，兩軍間空地竄出一隻野兔。斯奇提亞人見了，獵人魂上身，紛紛歡呼，不顧大戰在即，全軍快意競逐野兔。

生平首見如此敵軍，世界之王大流士看了傻眼，打心底對他們的從容瀟灑，與完全無視王軍，感到一種深深的恐懼。他下令退軍南返，一生不再侵略斯奇提亞人之國。雖然，斯奇提亞人的國土何在，仍然是個謎。

生命

聽說是「同島一命」四個大字，但他們無人，曾從遠方望清。外面冷雨遠去了，海霧侵臨，直滲戰備坑道底，一切皆反潮，所有人事，皆在水中蜷曲與浮游。連長特赦全員出坑，離開那場餘響島心的雨，搶最後天光，續保養公路邊，薛西弗斯牆。四大字該是深仇血紅，牆該是照心純白，然而，在霧裡，各站鷹架上，他們貼眼認領的，永遠僅只一角混沌。油漆滑過壁上苔衣，淌進石縫裡，像獨他全知，無所謂進度的滅絕。他慶幸自己眼前，倒是一點一點，鬆出環島的夜暗。

這樣呆耗到役期結束，沒事了，順利隔天清早可以走了。晚點名後，他申領庫房鑰匙，自去將黃埔背包搬回寢室整理。燈光下細檢，才確知這島以燒殺不盡的生命力，在一切物事上，刻鏤了時間過盡的具證：連同背包在內，所有他帶到島上，被封存在庫房裡的什物，無一沒有蟲蝕痕跡。或者，這些不知名野蟲，也只是以其執拗噛咬，展示牠們相似其他物種，永遠在尋求溫暖庇護的意志，此所以，即便被壓摺在套內，那件羽絨背心，那塊磚，仍然被啃蝕出無數細孔。像有人用一根針，花大把光陰，不斷戳刺它。

他取出它，晾眼前，伸展它。那是他第一次看見它的完型，而它已經就像是件出土文物了，一些繭狀物，蟲屍與翅膀紛紛落下，整體情況頗歡樂。他只能盡力將它，與必要物品整乾淨，其他的，就連背包一起丟了。隔天，他穿這件時刻露毛的背心，提一塑膠袋什物，重返港都。港都就像出發時那樣冷。踏上地，他猜想，被飛碟綁走的人重返地球時，會不會就是這感覺。他直接進城，覓房租住。更多冬天過去，許多次搬遷後，那袋專程提回的什物，包括退伍令，都不知丟到哪了，只剩它，或他自己的狀態，提醒他曾經的去向。背心年年穿，像這才開始服役，只是，他從不穿著回山村，怕她見了要問，而他仍不知說什麼。

探親

某次征途或歸途，老人走在路上，見一位同受徵召的族親，因營養不良，愈走愈浮腫，很像顆貼地飄盪的氣球。終於，族親趴倒，貪婪吸舔地面車轍一點積水，整顆頭都埋進去了。老人沒力氣扶他，只好站一旁候見，等看他能否再自行站起，或者就這麼死去。如果是後者，他只好把族親留在原地，割下一點毛髮，帶回去向親族報訊。比毛髮更重的，他也搬不動了。

他探看遠方，黃沙滾滾，什麼都看不清。如果是後者，如果他自己沒接著倒下，出於善意，老人思索著，怎樣的墓誌銘對族親比較體面。是「他成為帝國疆土的一部分」，或者，「他為親吻帝國而死」。

老人

彼此年紀漸長，他和山村人處得愈好。他喜歡老人，因為有趣。這不是說人老了就有趣，事實上，無趣之人可能一輩子無趣。老人當然是有各式各樣的：怨懟的，平靜的，開明的，糊塗的，最不乏自私的。只是，無論如何心境，他們皆已挨近尾聲這點，使他覺得他們所言所想，對他而言，都有一種逼近結論的驚悚。返鄉時，他就跟他娘去樹下，聽她和其他老人閒話。

山村老人喜歡笑罵人傻子，對遇事執著的，與他們不明白是在想什麼的，包括他，包括那位為拆山村不遠核電廠，而去絕食的有名老人。這不是說，山村老人知道怎麼活較好，而是他們憑常識，知道怎麼對「活」不好。例如最好不要不吃飯。常識很重要，幾乎是在山村過活，你惟一需要的義理：存點錢，生小孩，忍日常之難，大事輪不到我們頂就好，有點小事可驕其鄉鄰，可天長日久反覆言說，當然更好。絕食老人說，「如果我能有所選擇，要我再出生在台灣一次，那我是絕對不幹的」，這山村老人是會附議的：能有選擇，再投胎幹麼，當然是要不再痛癢，無有悲苦，長居極樂世界為好。

至於絕食老人交代女兒，在他死後由親友靜悄將他火化，千萬別讓「不相干的人」，「碰到我的身體」，這山村老人是礙難苟同的。忍了一輩子，死就只有一回嘛，最好還是多所株連，眾人挖坑埋土，假哭真鬧，泥濘與火光俱在，誰也脫不了干係。

他和他們處得較好了，大概也因那島，或那島示範的一種刻鏤，一直存在他的感知裡。他發現山村，很像是另一個他更常受遣駐守的營區，而這樹蔭籠罩的範圍，挺像另個集合場。放眼望去，不外乎一些山，一片海，一些走過時，你發現它比實際廣大的地理摺曲。能經歷的，大致是特定人與固定事的碰撞，你每碰一回，世界就比你原先直觀的再縮得更小。舉目望去，山村是絕大多數人的異鄉，一如那島，一如若你用手指撐開一切地理摺曲，你能翻找出來的聚落。

羽毛

為躲避戰事，斯奇提亞婦人別離丈夫，駕起家屋，帶上全族孩童與牲口，像朵朵溫暖彩雲，飄向極寒北境。她們將開發各式醃肉技術。她們將見識愈來愈長的夜，直到看見深奧極光，向宇宙放閃。她們會遇見無比龐大的白熊，但她們無所畏懼，遇見牠，她們就群擠一處，疊羅漢，敲鍋碗，造出一頭更龐大更喧鬧的怪物，嚇跑從未見過人的熊。她們走了很遠很久，不為逃亡，只為生平首次的自助旅遊。她們不知道，人類歷史基本上悲慘綿延的事實：就在她們走過的地界，兩千年後，會從地底孵出一座集中營，數萬人犯受迫不停為國家挖煤，醒也長夜，睡也無望。

她們不知道，人犯若決心逃亡向南，必定三人相約同行，只因這樣，若有一人倒下，其他兩人可分得充足肉食，存活率較高。意即：比例看來，至少大部分人皆有機會存活。在這無人之境，她們只是感到無比新奇，有好多話，想與無法出遊的家人分享。

她們決定寄封家書回去，遂要一位在旅途中成年了的男子回奔，順便加入輕騎隊助戰。在草原深處，斯奇提亞男人密會，同閱男子攜回的家書。家書是一小片飛鳥的羽毛。家書是男子歡喜的實況報導：是日，彼時，旅途上，她們見證無數神祕而潔白的鳥羽突然天降，漫天蓋地，遮蔽了遠方。那是她們從未見過的美景，而她們正曲折走進那樣美景的庇護中，一點也不覺得寒冷，只感到無比安然與幸福。

L'abécédaire de la littérature

字母會

P

摺曲

comme Pli

駱以軍

讓我們想像這樣的畫面：有一顆非常巨大的鉛球，掉落在一張塑膠膜上，而那張塑膠膜必然朝下凹塌、曲拗——當然這是後來所有的科普書在解釋，愛因斯坦的廣義相對論，那所謂的質量會讓「時光彎曲」，使得光（或任何物體的運動路徑變成曲線）——那個大鉛球，在這孤立的國界中，就是太陽。我們的想像，一直停留在那靜止的，大鉛球將周邊的塑膠膜（也就是空間和因為經過它而彎曲的光，由此被分裂、移形、具有可變可塑性的時間）；我們從未想像那繼續下沉的大鉛球，是否讓那張無限大的塑膠膜整個包裹起來。事實上，霍金在講的，「時空極度彎曲」將對無邊宇宙的觀測，描繪進一個「過去光錐」這個非常奇幻的光錐，往愈遠的宇宙邊際觀測，如果能掙脫那麼遙遠的距離而形成的「光年」，它的觀測之光跑愈遠，則是觀測到宇宙愈久遠之前的樣貌。於是在霍金的宇宙描圖，出現了一個梨子狀的「過去光錐」流動、美麗的形狀，不，當這「過去光錐」的觀測越過那五十億年，一百億年前的宇宙狀態（宇宙的敦煌石窟壁畫），因為當時的宇宙在一高物質密度之狀態，光錐會朝內彎，於是這一切的時空混體的觀測光錐在某個截切面，像水滴的最底部，朝內曲拗如半球體，最後會收束在那個「大霹靂奇異點」。

那個「將鉛球包圍住的塑膠膜」當然不是真的一張塑膠膜，他們只是描述出它的柔軟、可拗摺、蜷曲、是一個「非牛頓定義的無可變形的」時空，它受到太陽或地球這樣無垠太空中巨大星體的重力，自然就彎曲、包覆在這顆鉛球的周邊。如果，這顆巨大鉛球隨億萬年過去，將核熔能量燃燒殆盡，朝自己的內部塌縮，再塌縮，最終形成一個黑洞。成為一個巨大負值的「大鉛球外形的黑窟窿」，按說，那張塑膠膜，是整張被吞噬、吸進那黑洞中。

但我確實記得，多年前，那時，聯考剛放榜——我當然落榜了，離最低標恰好一百分——我和一群哥們去「復興美工」高職旁敲桿，那是一間又小又破爛的撞球店，只有兩張斯諾克球桌，其中一張還不是正常規格的，比較小，且綠桌布都有破裂凹窪。我們一夥應該是走了好一段路，才到那麼間破店，那是盛夏正午，我們穿過永和那些像豬肚腸的巷弄，感覺我們幾個的身軀輪廓，都被烈日曬得將要自燃了，那樣頭臉手腳的周邊都發出白煙和薄薄一圈光箔。我那些哥們的興致很高，當然了，他們四個，有三個上了建中，一個上附中，上附中的那傢伙臉還臭臭的，因為他只差〇・五分就是建中。大家都安慰他，別難過啦，附中很帥的啦。我也跟著安慰他。但他媽其實我是落榜的那個啊，還遠遠地差了一百分。但或許整個初三的過程，我都像個被綁在行列牆上等槍斃，軟癱的半死人，每次月考都是毫無懸念，脫離全球的，那個冥王星，不，最後一名。所以包括我，大夥都覺得「聯考——我」這樣的遭遇，然後這樣的結果，無什麼好多說的。

那間小撞球店裡黑忽忽的，奇怪門外就是熾白的街景，但光好像照不進來似的。那天我們占到了那張大球桌。那老闆娘是個非常雞巴的老太婆，每次都亂算誣我們鐘點。我們之前和她大吵過幾次。但那天大夥心情都很好，好像當她不在場，或黑暗角落一尊泥塑的醜怪的木雕。我們各自叼著香菸拿著球桿，嘩啦啦啦地開了球。各人輪流著，那個球桌像一個泳池，輪到的人像站在池邊準備跳水躍入池中。但其實只是俯身，左右手在球桿較細的前端，和較粗的後端，形成一種瞄準的暫時凝止狀態。而其他的人則保持站的姿勢，隔一小段距離，手中用巧克旋著自己的球桿頭，從不同角度旁觀著。至於斯諾克，我不必多解釋，那灰綠色的桌布上散亂停擺著許多顆小紅球，和黃綠粉紅藍橘紫黑七顆顏色球。俯瞰地看去，那其實有點像某個遙遠的星系。

輪到我時，運氣非常好，恰好有一顆紅球停在洞口，我輕鬆地吃進它。接著我的白色母球滾啊滾啊，恰好停在黑球和底袋呈一，只要穩著打，一下就拿八分。但是，我想要回述的就是那個時刻。我俯低上半身，那桌面上的球們，形成一種焦距的清晰，和焦距之外其他色彩繽紛圓體的模糊。我的球桿指著那顆白球，再遠一點是它將要發射出去撞擊的黑球。但是那時，我突然胸口覺得呼吸不過來了。那顆黑球像是被什麼遙遠外星更高等生物，動過手腳，它的質量在某一瞬刻突然無限變大，我的球桿，雙眼瞄準的直線，那一端的桌布平面，被那顆黑球壓得開始下凹，像在水池拔掉栓塞，那周邊的其他球，以及桌面平身像水流，朝那窟窿陷流進去。不，連我們站在球桌邊的這幾個人，開始像散開的疊影，被這顆黑球的重力的凹彎的時空，扯成一個個果凍般變形的許多連續分身。我的瞄準動作仍保持著，但感覺是朝下，朝著一個瀑布深淵，我仍然清楚盯著那顆白球。但那顆黑球像一個不加速的鑽地機，不，一個舞臺投射燈，包圍著我身邊的景像，像閃電迸跳的光屏。

這樣說吧，人類如果被擠在一極窄隘的空間，這些顱骨內沉甸甸的、電流竄閃的大腦，它們無法像巨型電腦的記憶體被整合成一個更巨量運算的高階智慧。它們注定在做空間的描圖、資源的評估，這個「我」與其他大腦之間的並存關係，會發展出攻擊、損毀、或斷阻對方未來延伸可能資源的布陣。因為大腦是如此一個將所有資源（即使以層疊或濃縮的形式）占據、吞噬的一種演化性格。你光看那些小學教室裡，那塞坐在桌椅裡小小的人兒，尚未發育成熟的大腦，就已本能地啟動——嘲弄、霸凌、建立友情以形成幫掛、找出這空間裡最脆弱者——進行攻擊。你不敢相信那只是一些十一、二歲的大腦。為什麼這樣的一坨像豬腸般皺擠成一圓的軟物，會想出「坑殺」、「離間」、「造謠」、「詐死」、「告密」、「說謊」……這些竄跳的電流？我有時坐在某兩個麗人對面，聽她們妳來我往的綿裡針，讚嘆對方其實在用一拖著長影子的複式結構句羞辱對方，或是聯盟起來互相補綴著另一個女人的醜事。我總想：此刻我眼前這兩付大腦，在皮質之上竄流的閃電，一閃即滅的，是什麼形狀的電波？藍色閃電？紅色如眼鏡蛇吐信？或如遙遠的白矮星一團混沌？或是鮮豔的霞光？

我們或許想著「裂腦症」（左右腦之間的連結被切斷，為了預防癲癇的電脈衝從一側散布到另一側），一些視而不見的場景消失了；「我」參與到那洶湧發生的事件中的存有感不見了；甚至我無法感到某一部分的身體（譬如我的左手）；或是複製錯誤的記憶，乃至於我們常說的「自我覺知」的散架、解體、像太空船一路掉落、飄浮在外太空的隔板、推進器的小組件、支架、某個似乎無足輕重的護套。這是一回事，後來我非常認真地重讀、細讀《紅樓夢》。像那樣所有坐在同一個房間裡的人，內心如層層纍聚的森林，翺動的葉片有向陽的、有藏在陰影裡的，每一個人或許都有像是數學算式的那個要被隔著多次元而運算的「X」，有其之前關係的糾葛和權力交涉。她們好像是一尊一尊坐在那兒，任時間流動的美麗少女身軀。但若是一個「不是她們之中的人」（譬如牌女、老嬤子），這時也置身其中。她的意識在測量上存在嗎？

在我的生命中上，有沒有另一個四維尺度的人在觀察著我？也許他的鼻尖只距「我」的這條銀光晃盪、流動不已的河流，那河面一公分？我無法意識到「他」的存在，那一切像鬼魅般存在，除非我意識到這點，在某個神祕的瞬間，朝那河流之外的什麼虛空之處，一戳或一抓，照量子力學的說法，那一瞬所有的波函數崩陷了，我摸到了那超過我的維度世界能感知到的鼻子。

在霍金的〈時間的形狀〉裡，提到：「一個時空區域的所有量子態，其資訊有可能蘊含在此區域的二維空間邊界上這就好像『全像照片』能在二維曲面上記錄三維影像。假如我們希望能夠預測黑洞會輻射出什麼，這點是最基本的要求。」

在另一章〈預測未來〉，他提到「事件視界」：「我們認為宇宙在非常早期經歷過一個暴脹期，當時它的擴張率不斷增加。由於這段期間宇宙擴張太快，有些物質因此距離我們太遠，以致光線一直無法傳到我們這裡。換言之，那些光線朝我們射過來的時候，宇宙卻擴張得太多了。因此宇宙中有一個類似黑洞視界的視界，它將宇宙劃分為兩大區域，其中之一的光線能到達我們這裡，另一個則永遠不能。」

「就虛粒子而言，我們能夠準確預測兩個粒子具有相反自旋，但是倘若其中一個粒子掉進黑洞，我們就無法對另一個做出準確預測。」

「……將黑洞視為由許多基本建材組成的結構，這些建材稱為P維膜。……

我們可將P維膜想像成在十維空間中遊走，這十維中有三維是普通空間，還有七維是我們察覺不到的。在某些情況下，我們可以證明：P維膜上波動的數目，等於黑洞應該包含的資訊量。假如有些粒子撞擊P維膜，就會在膜上激起更多的波動。同理，假如P維膜上沿不同方向運動的波相聚在某一點，就能產生一個很高的波峰，令P維膜的一部分脫離，像個粒子一樣飛走。因此，P維膜能像黑洞一樣吸收與發射粒子。」

我想要思索的是：當時我有沒有被霸凌？這個話題在好萊塢電影（譬如《進擊的鼓手》）：或是柏格曼的電影都只是一種密室裡光度調暗，慢速記錄下當時，是的，當時的話語，話語背後正變動的人群，一個更高智力、或更有權力資源的人，他正在對你發射訊息波。那些波在光滑的時間流裡翻滾，形成一種日後回想所謂的「全像照片」，我們記得那一種文明、年輕人如鮮豔羽毛的犀鳥、咖啡機咔啦咔啦磨豆子的聲音、那個人可以盱衡全場開每個移動中的人的玩笑。它像是可以用投影技術把二維的壓縮照片，散逸重現回三維的景象。就像有一個怪中醫跟我說：「每個人身上的痣，都是一個密碼鎖住的前輩子、或前輩子的記憶檔。只要有一種解析、降維的技術，那某一顆眼角下的痣、胳肢窩裡的痣、或陰部旁的痣，可能都能投影播放這個人某一生長長的紀錄片。」

很多的時候，這個高智能者講的正是某種「高維度的話語」：文明的某個回望時刻，彷彿有一座門柱殘骸，越過這條線，你看到整片的廢墟瓦礫。某些我們聽到覺得遙遠或尊重的名字，其實他們曾幹過哪些見不得人的事，他的語言是一種高速跳躍的粒子：有的自旋是1，有的自旋是2，有的自旋是½，那形成一種紛雜錯綜，動態中形成高速跳躍的「話語的陷洞」的複雜交響。有時是非常嚴肅地談論漢娜．鄂蘭，或二十世紀現在這個西方政治制度的必然之惡。但有時是他們共同的一個老朋友，曾經做過某件非常滑稽好笑的事。

到底為何我覺得「我可能被霸凌過」，但其實「或許我並沒有被霸凌」？

譬如說，一個穿著啦啦舞短裙的辣妹，挨擠過整輛沙丁魚罐頭那樣上百人體的夜行巴士，有沒有辦法證明她有沒有被人摸過？這個例子不好，應說是參加了一個搖頭趴第二天頭昏腦脹衣衫不整醒來的美人兒，發現自己身旁躺著十來個陌生男女。她有辦法驗證自己這一夜，有沒有被其中哪些傢伙上過？事實上，若沒有這個所謂「P維膜」的概念，這個「全像攝影──黑洞的外沿可能可以用二維形式記錄，消失於黑洞中的三維物體」的想法，人類目前的採錄證據的技術或想像力，對於「霸凌」恐怕是無從標記、探勘、記錄、或描述。霸凌是什麼意思？「拳頭揮舞，卻沒真的砸到你的臉上？」一個老師上了他班上最不引人注意的那女孩，他說：「我愛妳。」（他也許是真心的。）那像蜉蝣，或老人臉上皺褶在某個迴頸動作時，千萬條銀色的蠕動小紋。事情有存在過？發生過嗎？譬如說，他們一飛機一飛機運來，那些二十來歲的黑女孩，她們被「仲介公司」編好名冊、分批，最後落單進入那些臺灣人的家屋裡，小公寓，看各人的運氣。她們被安排睡在一個癱瘓老人床邊的摺疊帆布條躺椅，幫那老人把屎把尿（我聽過十個這種情形的子女，十個都說他們的父親很丟人的，會勃起），她們被關禁在和那半死老人一道，充滿濃郁屎臭味的黯黑小房間，但她們有領錢。最後她們推著輪椅到公園，找和她們一樣的黑姊妹。那一整列一輛併著一輛的輪椅，像一列遊樂園小火車，上頭垂頭塌腦、手如鳥爪，眼歪嘴斜，坐著那些故障品老人。後面的黑女孩吱吱喳喳，或講手機，或拍手唱歌。人們經過，還嫌惡地繞遠些，其實那憂鬱濃濁的屎臭味，是從那些老人褲襠下的紙尿褲發出來的。這算是霸凌嗎？如果是，觀測的意義為何？很多年後，我回憶起那時和他們挨擠在一起的那個四維世界，一切像是那個科幻小說家所寫：一個靈長類大腦判讀訊息所無法處理的天河撩亂；事物的裡面，結構內部原來是孕育、流洩著銀光輝煌的夢境；自己眼球像被從六條小肌肉剪下，像登陸艇飄逸出「自我」這個星球的重力，不，所見的空間，被多長出來的這空間的另一個高度，拉扯出一段多出來的，像冰層結壁一條條四面八方散射的「消失點」；你可能會看見一隻正在變貌、擴張、燃燒飛行的火烏鴉，但其實它不是因為連續動作而形成的視覺延遲疊影，而是靜止態；或你看一個洗手臺排水孔的渦，但你看見那漩渦的內部如一只花瓶，「克萊因瓶」。這樣的時刻，像是那些挨擠在鍋爐火車長列車廂裡，正被送往死亡集中營的，臉色憂悒灰暗的猶太人。你可以同時看見他們被挨擠著，但即使最近距離的這張臉和那張臉，眼瞳照映出另一雙眼瞳的疑惑、無助、馴順、寂靜的人類對同類的短短一眨眼的安慰星光……，你都能看見。但你不會看見更多了。我記得，那時我每個禮拜一次，會走進那間會議室。那有一張長條桌。除了我們主要三個人物，周邊來來去去的，全是一些像《仲夏夜之夢》那些配角的小精靈小仙子的年輕男孩女孩，他們的手臂、或後頸、或腳踝會有一些刺青，刺青的圖案有的極精密費工、讓人驚嘆其細節：譬如拉斐爾的天使畫；甚至米開朗基羅的〈創世紀〉；或一些藏密唐卡。他們都是廣告公司的年輕創意、企畫、或是導演、或甚至是演員。在我別的故事裡，我曾追憶過他們或她們那像漫天紛飛的銀杏葉森林，關於年輕身體的性愛曼陀羅。小組小組之間曾經發生過的愛情、遺棄、年輕男孩收集癖的性愛史、年輕女孩自殘而留在手腕的傷痕（像彗星的曳尾塵屑一樣），或是關於藥（不論是拉Ｋ史或她們去精神科門診拿的正經的安眠藥、抗鬱藥、鎮定劑、止瀉劑、或對抗甲狀腺亢進的什麼什麼藥丸）的故事。但現在我不是要說這個。

在那些時光，我總是耗盡心神，只為了在一種像小銀魚翻跳的淺溪的波光幻影，那所有人臉上快速閃過的表情。我不知道每個人在選擇這種圍坐在一張長橢圓形會議桌，那樣的由高智能者主導的「思考時光」，他們跟隨著，像喝醉酒一樣哄笑的時候，內心有沒有猶豫？

私下我會聽他們咬耳朵，說些這會議室裡，誰誰和誰誰誰的八卦。誰的感情的問題、誰的身世造成精神分析學式的曲扭、誰的婚姻或債務的大洞……。但很多時候，我像是被設定的丑角。可能我自己也主動暗示著這個功能性角色。我察言觀色，不知道高智能者那張疲憊的、眼球濁黃、眼皮闔上像在沉思的那幾秒，突然張開時，他今天有沒有不爽？會不會拿我開刀？

有幾次我提早到，發現這個會議室中，只有我和高智能者。我們兩竟可以半小時無話可說。各自低頭看著自己的書。他的眼神空洞漠然，像我並不存在。初始我試著找話和他搭訕，但他會快快地，不耐而粗暴地把它打斷。所以他應是從骨子裡非常不喜歡我這個人。但為何我又出現在這呢？也就是說，一個密室裡像寶驗室培養皿的人際關係，糾纏覆蓋，像各種菌落間的抵制或共生。它必須就是有人扮演我這樣的角色。它像祭祀的犧牲、像死去之瞬的昆蟲必然放屁且洩出可提供其他共生菌類營養的蜜液。人群陸續進來時，高智能者會恢復他那，像搖滾歌手上了舞臺，腎上腺素噴發，將高明的哲學，混在讓大家爆笑的快速調謔的「全面啟動」，讓大家笑得前仰後翻。這可能可以像一教堂拱頂上的大壁畫，每個人物臉部的光源（雖然多有龜裂），飄飛的鬍鬚、衣裾或袖擺的褶皺，或是張開的手勢代表的愛意或敵意，解讀那眼神固定「將背叛者」，或哀傷、或預知死亡紀事，或僅是惘惘的威脅……

有一個女人，她特別憎惡我。那樣的憎惡，和我到那時（距離我國中畢業落榜那個夏天已二十年了）發展出一種，在各種場合討人喜歡的「夜行性動物隱匿術」的扭曲性格，形成一種奇異的相反自旋。我如何比他人敏感地辨識出「這人不喜歡我」？或「這人喜歡我」？也許是我剛走進這個會議室，我把全部的腎上腺素，皮膚上沸跳的敏感粒子、腦額葉後方那個據說「人類在文明中慢慢退化遺失的超感應區」……全投射向那個「高智能者」，一種下意識的臣服和取悅。眼神專注地聆聽他舌燦蓮花灑開的一切語言。事實上當時那會議室裡，所有人都和我一樣吧？他說的任何笑話，我們一定笑得上氣不接下氣；他批判起某些重要名字，他們背後那些見不得人的齷齪事，我們一定都緊蹙眉頭，露出憂憤、覺悟的眼神。是否是在最初的時候，我的「搜尋並辨識周遭環境」系統，發生了遺漏，對這女人露出輕慢或忽視的神情？

那個會議室，他們非常時髦地，在一個獨立的中央區（而非貼著這一層公寓的角落）弄了一個廁所。四面牆是四片從天花板插進地板的霧玻璃，裡頭端置著一座潔白精巧的馬桶。那於是不論是任一個男孩或女孩進去如廁時，那就帶著一種電話亭，不，檳榔西施的小玻璃隔間，不，荷蘭紅燈區那街道旁的小櫥窗裡的幻美妓女身軀……那樣的公眾猥褻感。我們的長會議桌就在十公尺內的區域。而裡頭的人正褪下褲子或裙子，用小肌肉忍住屁眼或尿道的收縮，不要讓屎條掉進積水或尿注沖擊馬桶咽喉，發出太大的響聲。或許要抓準那女人（她的角色像是這個會議室的庶務總管），將咖啡豆放進，那玻璃小框格旁料理臺上的咖啡機，發出像老人清喉嚨之痰那極大聲「吭滋！！！吭磁川！！！」的磨豆聲，在這時快快鑽進那「魔術師並沒有讓這空間在眾人眼前變消失」的玻璃小廁所裡排泄。但後來我發現，不只一次，當我衝進那被一霧玻璃暫時包裹住的小空間裡，正帶著無法控制的響屁崩出屎條的關鍵時間，那女人會在外頭瞬間將咖啡機電源關掉，那原本做為屏蔽的磨豆聲立刻消失。我當即聽見外頭眾人的鬨笑。那在某種感官意識上，比那四片霧玻璃牆倒下，眾人看我光著屁股坐在那小馬桶上，或許還要羞恥。

我好像可以理解她的恨意：一個不好看的女人，乾枯如敗藤的灰雜頭髮，像小老鼠一般驚惶的小臉和瘦削身軀，那些一閃閃發光的年輕人，活在其中的世界，像雨夜城市車後窗望去的模糊街景，一盞一盞鮟鱇魚的小光暈，但全和她無關。我可以理解，或說揣摩。但這樣的理解或揣摩其實無異於一種，「對我們置身的文明全景的瞭解」。小奸小惡，像亙古人類大腦演化史中，那不被注意到的細微電流竄顫。譬如有一次，我回去母親家，之後我的姊姊陪我提著老母親硬要我帶走的兩大袋冷凍菜餚，到巷口搭計程車。但我們走了好一段路，我姊姊對我說起最近和一個多年老友絕交的過程。她們倆相約去貓空。我姊姊之前就告訴那個女友，自己有懼高症這件事，她希望能搭接駁公車過去，但這老友堅持說，誰去貓空不是為了搭那高空纜車呢？於是她倆和另外一對年輕情侶一起搭上其中一輛纜車——那就是吊在半空中的一顆玻璃球——我姊姊果然懼高症發作，面色慘白、手心出汗，嘴角哆嗦，但那老友竟在那她最無助脆弱的時刻，和那兩個陌生年輕人，那對情侶中的男子，在那封閉小球裡大聲嘲笑她、逗她，拿手機拍下她狼狽的照片。等她們終於下了那顆小小的透明扭蛋般的纜車，她便下定決心回去要和她絕交。當然她還是力持和諧，做出玩得愉快的樣子。而回程那老友視為理所當然又要去搭那纜車，這次我姊抵死堅持搭公車。公車當然慢許多了，在車上，那老友竟不斷痛罵她，說她在自我戲劇化，說她要大小姐，看看我跟著妳，現在耗在這裡，就因為妳什麼懼高症……

我姊姊說，一回家，她就把這老友的Line封鎖了。

聽這樣的情節，你會以為她們是兩個高中女生、但我姊姊已經是個五十多歲的老女人了。她年輕時是個美女，但不知什麼原因，在三十多歲意識到婚嫁，錯失過那個時點，之後便一直和母親住在老家，慢慢變現在這個，有點像卡通裡企鵝的胖模樣。怎麼說呢？她一直沒有在我心裡張開那個「胡桃裡的宇宙」，她便在她自己的陀螺裡自轉著每個人的流年。我似乎有印象，這個老友，是我姊姊念五專時的死黨，小時候在我們家都見過幾次，連那年紀時我都覺得長得醜。後來她們不知什麼原因鬧翻了。三十年沒聯絡。前幾年我姊姊被待了十多年的外商公司炒魷魚，無所適從，不能相信，在外頭跑了一輪丟履歷、各種怪公司的求職後，才終於確定是年齡——比我們小時候印象，父母那輩人被宣判屆齡，必須退休，要提早十年——的殘酷現實。那時，她便和當年失聯的這個老友，透過臉書又聯繫上了，老友的小孩已經念大學啦。

我對我姊姊說：「她會在高空纜車上那樣對妳，應該是醜女對美女的恨意，自己都不知道的。」

「對，很多事我想不起來了，但我突然想，當年我們倆那麼要好，突然就絕交了，然後那麼多年完全沒聯絡。也完全沒有懸念或懷念。這必然是她和我之間，有一個很內在、根本的黑暗面的什麼，年輕時的我就知道了，只是後來我忘記了。」

但這也不是我要說的。請記得我在一開始說的，那個許多年前落榜的夏天，我在那間破爛小撞球店，對著桌檯上那顆黑球瞄準，我的球桿前端貼在撐開四指的虎口上輕輕前進後退，視覺盯住那顆白色母球，使得整片綠絨布桌面成為淹晃開的綠光。那如霍金所說：「空間是彎曲的事實又一次意味著，在空間中光線看起來不是沿著直線走。這樣廣義相對論預言光線必須被引力場所折彎。譬如，理論預言由於太陽的質量，太陽近處的點的光錐會向內稍微偏折。這表明從遠處恆星發出的剛好通過太陽附近的光線會被折彎很小的角度，使得對於地球上的觀察者這恆星顯得是位於不同的位置。」也許我下意識地連結到那座四面霧玻璃包圍住的馬桶。撳下沖水鈕時，那將糞便捲吸進黑洞的漩渦，和轟隆的巨響。而他們都在外頭，像在夢境中靜止的石膏像。那一切將要綻放的笑臉，親愛的嘲謔，那些話語，都還蓄勢待發，收斂在一花園灌木叢裡，許許多多花苞的狀態什麼都還沒有發生。也許很多年後，我不是那個年紀，他們會重新調整，不那麼輕慢將我置放於一小丑的角色。

L'abécédaire de la littérature

字母會

P

摺曲

comme Pli

陳雪

他們第一眼照面時，李靜月只覺得此人眼神幽黑，神色曠遠，這是個屬於遠方的人，她心想，或許是那股遙遠的氣息吸引了她，她是一個還沒遠離過家鄉的少女，想像中遠方總是美好的。

「那我呢？你第一次看到的我，是什麼樣？」後來在可以單獨相處的時刻，李靜月問郭明光。那是他們第三次單獨出去散步，前兩次都是父親囑託靜月帶郭明光去四處逛逛，盡地主之誼，嚴厲的父親並未設想過他們將會有的戀情嗎，或許因為郭明光比李靜月大上十五歲，輩分上說來算是叔叔了，郭又是政府方面派來的專家，但這點，父親失算了，正是年齡差與外派的心理，他們才不顧一切。

在神社附近的老樹下，月光亮極了，隔著些距離還可以聞嗅到神社大梁檜木的香氣。沿著鳥居的步道拾級而下，他們遇見了年老的守門人。

「和其他女孩相比，妳根本像男孩子一樣。」他描述初見那一面，他們沒說上一句話，任由人群推來攘去。那年初夏，為了修復神社而到來的一組工作人員裡，他是首都來的建築師，剛出火車站閘口就被接送的人包圍。郭明光穿著亞麻外套、圓領衫、棉布長褲，瀟灑的穿著、挺拔的外表，引人側目，靜月陪在身為鎮公所建設課長的父親身邊，同行的除了員工、還有些湊熱鬧的鎮民、孩童，神社修復是小鎮的大事，「大人物來了」孩子們騷動起來。

「喜歡嗎？像男孩子的我。」靜月害羞地問。因個性害羞，她幾乎都穿著長袖長褲，衣褲都是母親縫製，完全合宜寬肩窄身的她穿著。衣褲底下的肌膚白皙勝雪，連她自己都知道漂亮。

「喜歡。」他說。她喜歡他給她的形容，不是美人，不是鎮上最漂亮的女孩，而是「小男孩」，彷彿唯有如此，她在他心裡才是特殊的，她試著想像他遊歷過的國家、那些不同種族的女子，她無法在他親歷的世界花園裡成為最美的花，只好化身成一棵樹。

繞過守門人的小屋，走上樟樹林道，這是鎮上重新修整過的地區，蔓延幾百公尺的兩線道路，路邊高大的老樹成蔭，地面上散布著樹子，腳步踩過，果漿爆開，樟木特有的香氣瀰漫空氣。他摘下葉子在手心裡揉搓，讓葉汁浸透掌心，兩手捧起她的臉，「我的小男孩。」他說，是最愛憐的一句話。

那時她知道，待會他們將穿過濃重的霧色，穿過眾人皆已沉睡的市區，直到身心都舒展開來，會信步回到他的住處，她將獻出所有。

夢中所有動作都是強烈的，異鄉人與少女禁忌的愛。背景是醉人的樟樹氣息，僻靜的小鎮，那時她還沒真確想清楚，三個月後他將離開意味著永久的分離。三個月夠了，她說，「妳不後悔？」郭問她，她點頭又搖頭，郭又說，「我注定要辜負妳。」她閉上眼睛感到疼，心痛已經開始倒數了，到了這一步還要如此說話，郭實在狡詐。

但她愛他的，恐怕也是這一份小鎮男人不會有的，因自我中心而生的膽大。

事後，她咬下他袖子上的一顆鈕扣，這件藍色絲質襯衫沒見過郭穿，是清晨微寒中他為裸身的她披上的。涼軟的面料披在光潔的身上，顯得自己格外赤裸。那是郭來到小鎮的第二週，才只十來天，他就帶她進了他的房間。

至今她仍記得所有一切，每一次的散步，每一場相聚，所有在人群中暗暗的牽手、眼神互瞄、摺得很小的紙條（可惜一張也沒留下），有默契的低語（我不會鎖門，我等妳，郭用嘴形說。想來真的都是她自投羅網了，那些暗夜間的私會，是她趁著父母入睡後溜出門，飛快騎單車到他的宿舍。）

說是三角形又不夠銳利、說是圓球體又過多切面、說是白色則顯得渾濁、說是乳色又過分稀透，她且憂心是否長年撫弄、觸摸、把玩，已使那袖扣失去最初的稜角、輪廓與色澤，甚至失去最初裝置於襯衫袖口扮演扣合功能以至於物體之靈魂也失去了，成為這般難以名稱、描述、觀看的一椿物件。

微細、瘖啞、渺小，其重要性已經被時光、想像、記憶與情感充值加乘，變成比外型碩大千百倍，又因其私密的特質微小得如同塵埃。

那是世上戀人可以給予彼此最小的單位的贈與，也是一個人在不著意的狀態下所能自他人身上牟取的最貼身、卻不會被發掘的勾連，那是芳心暗許、耳鬢廝磨時觸碰著她的唇邊類似於吻的落點，亦是私下生活裡她唯一能觸摸到他的延伸物，郭的這件襯衫，面料高級，造型特殊，顯得貴氣，連扣子都是特殊材質，證明了日後他說及自己顯赫家世以及那無法推翻的婚姻，是他的牽絆與他的象徵之物，是分別後千萬個日子裡她啟動思緒、唯一能證明「他們」存在、無能被時光侵奪的唯一證明。

很長時間她只是讓它躲藏於皮包內夾層中織錦袋裡，未免碰撞將之包裹上一層軟棉布，多年來那軟布已經多次更換，錦袋亦數次縫補過了，她唯有減少碰觸、提取的次數，以免這有形之物會被時光的遞轉碾磨成粉，但自從在報上讀到他喪妻的報導（後來他成為時常上報的大人物，使她無從拒絕聽聞他的近況），她平靜甚至枯寂的生命突然躁動起來，騷動使她在無眠的夜晚，再次提取此物於燈下凝視，確定往事還在，所有發生都蓄積於這顆扣子之中。

「是否該去尋他？」

袖扣觸摸時仍帶有一種近乎人體才能保有的溫度，她已將此微細小物打磨得如同玉石一般細潤，啊時光殘忍或公平也沒有因她的卑微掠過她如同世間任何事物，仍以某種活體存在於這小小鈕釦之中，等著她召喚現身，這形狀歪斜、非玉非石、半真半假之物，等同她全部的青春、與其後餘下的人生。

對著桌前檯燈，白熾光線透過半透雲母、珠貝或化合質地的扣身，內裡細碎的紋路映入眼中，如月之斑痕、光的影跡，每次都呈現不同圖形，靜月已習慣透過右手拇指與食指的抓捏、輕旋、轉動，使燈光如太陽輝耀於月球，透現月光形狀，抑或使得那顆扣子如同切割成多角面的水晶般於不同斜線、角度、切面，呈現不同造影。她把玩著袖扣，重複回憶著往事，或增或減，或刪除或擴充，但始終不逸出「事實」之外，她絕不捏造不存在的事，儘管她所言稱的事實，因為未曾對他人吐露，也彷彿不存在般，但事實就是事實，這是她相信的，如這一顆袖扣存在於真實，物質不滅，誰也無法否定。

那年神社尚未整修完畢，郭就必須回臺北了，是假期結束就該離開的理所當然，她知道這一天會來到，他也從未隱瞞在首都裡早有家庭的事實，實際上一開始更像是她主動而非他的誘騙，即使她剛考上師範學院，十九歲的她，生命裡除了父親與長兄，沒有親近過任何男人。

「之後，我們該怎麼辦呢？」他問她。

「像做了一場很長的夢，醒來就回到現實裡。」她說。她不知道自己為何佯裝瀟灑，其實內心多少次瀕臨界線的想像，恐慌突然來臨，「看，妳毀掉自己的人生了。」早晨刷牙時她對著鏡子發抖，癡看自己豔紅的嘴唇，想著平淡的人生十九載，她又覺得不害怕了，三個月換一輩子，夠值。

「搭火車才兩個小時。」他說。

「但你不會回來了。」她咬住他的頸子，「你不要回來。」她恨恨地說，「除非是回來娶我。」這句是真心的。「妳讓我心痛。」郭說，又是那一副讓人恨的無辜。她猜想自己一生中只會愛這個男人，而他是如此軟弱甚至還不及她的勇敢。

她月經遲了兩週，她設想會懷上郭的孩子，她會不發一語地祕密將孩子生下、養大，像孵育一場夢一樣她孵著那個屬於她與郭的孩子。

郭離開的那天，她與送行的人齊聚火車站內，發現有個鄰家的姊姊哭得很慘，該不會？郭那雙似笑非笑的眼睛大膽凝視她，毫無顧忌大聲喊她的名字，她雙腳軟癱無法動彈，這一天真的來到，她本可以歡欣瀟灑送他離開，可是她出血了，感覺下腹疼痛，她天真的夢想與佯裝的堅強在郭離開的同時粉碎，眼前呈現的只是她尚未成年，既無法獨力地離開家，郭也沒有要與她私奔的意思，甚至可能在這個荒僻的山間小鎮，她都不是郭唯一的戀人。「怎麼會這樣子？」她駭異地回想，所有那些荒山林間的漫步、星空下的密語，以及深夜裡悄然進屋，在凌晨時悄然離去的細節，都像多了好幾雙眼睛在看，「我的小男孩」、「我的美少女」、「我可愛的姑娘」這些獨特的密語突然被複製成一句一句毫無意義的甜言蜜語，她無止盡地猜想，受辱、遺棄、辜負、甚至訕笑、玩弄等情緒悄然而至。她病倒了。

「這一切是為了什麼？」

從一場青春幻夢墜入無邊地獄，白日黑夜高燒不退，她在夢囈中狂喊痛哭，但即使最脆弱、癲狂的時候她也沒出賣他，沒說出他一個字。那是她最後的尊嚴了。

病癒時，她自一場從高空中被用力往下摔的恐怖幻覺裡清醒，發現自己在床頭櫃裡瘋狂尋找什麼，然後看見了那顆包裹在繡帕裡的扣子。手指碰觸到扣身，就像他第一次卸下她的衣服，像個按鈕啟動，她又清楚了起來，從頭至尾如何相會、告白、幽會、獻身又都回到她熟悉的情節，她確認郭沒有其他情人，她清楚感知他在那段時間全身心迷戀著她，他是愛她的。全部，都是她認真就算數。

郭來過幾封信，起初是思念，後來更像是討饒，之後變成例行公事，她便不再讀信了，完整的信封放進抽屜底層，五年後，郭不再來信，她鬆了一口氣，終於，連郭本人也無法參與或摧毀她的愛情，從最開始的煎熬、痛苦、矛盾，逐漸變成習慣甚至流暢，回首、追憶、編織，她總是側身閃神就能穿透進入。那唯有她與郭存在的世界。

她咬牙熬到畢業，幾乎是以全部的意志，把學位拿到、考上教職，回到鎮上小學教書，日子就順當了，年復一年，她成為學校裡最寡言、沉默、神祕的老師，不到三十歲她頭髮就花白了，臉孔凹瘦、眼睛外突，不再美麗。

她反覆讀寫著自己的生命，永遠的十九歲，只停留在飄散著梔子花香的郭的宿舍，停留在那永遠走不完的樟樹大道，「妳應該住在這裡，」郭指著小小的鳥居，「我就可以將妳帶走。」

扣子就是她的鳥居。這世間最微小的屋宇，容得下她最浩瀚的思念。

她的過去與未來重疊在那一天，以及往前推的三個月。所謂的未來，都在那天粉碎了，此後她的人生就只是過去的重複、延伸與再造，一切都是過去的殘影與變形，是為了回憶過往才繼續地存活，為了守護昔日的戀愛夢，她才得以在麻木的生活中不至絕望。每日她依然校準時鐘，撕去日曆，為的是不讓時間停止，即使她人生裡的可能都已失去了，但倘若時間不存在，那麼她的愛情屍骨無存，最初，她想過去死，就像倒數計時般地活著最後的時刻，後來，她發現唯有繼續活著，才得已保全、擁有、甚至繼續創造那份可能的愛。

於是她倒轉生命，生活變成與過往共度的方式，只要還活著，那段記憶就有地方附身，他們的愛就不死。

二十五年經過，她深知自己已將與郭的那一段時光，反覆雋刻、描摹、書畫，以各種她已知、未知、她熟悉或陌生的形式，在那些日日夜夜裡，全鎔鑄在她掌中的一粒袖扣，絲毫細節都以深刻入畫，唯有她可以解讀。她擁有這個，就等於保留了那些時光，與現實中可能的愛。

誰說她不能這樣呢？

不是沒有過謠言。但她太渺小，連謠言都無力生存。

任何人家來談婚事她皆不應允，幸而或不幸地，提親的人不過寥寥，反對不需要太長時間，抵抗根本微不足道。她自然地越過適婚年齡，母親去世，她盤起頭髮，戴上眼鏡，幾乎是在他離開小鎮的時候她的視力突然就退到0.2了，奇怪那曾是一雙遠視得近乎獸眼的明目，甚至是美目啊，他曾讚美過的，她的寬肩窄腰扁臀、有少年的美感，「妳的眼清透如鹿。」郭說，完全當她不是女人的讚賞，卻又將她如女人般地占有。

她曾想過給他回封信，一封，或者更多，在那漫長的等待時光裡，她必須讓他知道她還在等，以及這等待途中所有的發生，她試圖寫下那個夏天對她的意義，或者，此前與此後，該說他是如何地橫占了她的一生，但她又覺得這些說出口都太多餘，她的愛太輕，吹一口氣都能使之消散。

她擺脫了被遺棄或背叛的感覺，也不再疑心任何關於他對她的情感，她已經反覆演練得堅若磐石，連郭本人都無法動搖她的信念。

得知他喪妻，她又動念給他寫信，她想像他會經由郵差口中接過這個信封，袋中沒有一張紙，只會有著這個她封存多年的信物，那個他自己都不知何時遺失的袖扣，看見那物，會如氣旋一道擾亂他平靜的寡居時光嗎？他會突然記起那個被他稱之為「我的小男孩」的少女，他會料想到她等了長長的一生嗎？

怎麼可能。她與郭的年歲生長在一個肉眼不可見的時間裡，那既不屬於現在，也不屬於過去，更不屬於未來，它只存活在此時與那時間薄薄一層空隙裡，只依靠靜月個人的意志而存活，時間將平滑如水般滑過她的餘生，十九歲那年所有發生像是生命的斷層，讓她變得更好或更壞，但終究一切都被改變了。

「若你還記得。」她只想對他說這一句。罷了罷了。她不容許任何「不是」的可能。

她闔上報紙，心中平靜得像是第一次獻身，將扣子自信封中取出，最後一次凝望它，融入水中的一滴水，最大也最小，再也無法被抹去，倘若她展開累刻於上所有龐大的記憶，所有她曾付出過的愛，將會覆蓋郭所有的生命，可以淹沒整個地球。

她仰頭如同服毒一般，將扣子吞食下肚。

「是啊，若你還記得。」

L'abécédaire de la littérature

字母會

P

摺曲

comme Pli

顏忠賢

「我好想死啊！過得很難過！歹命到連抓癢……都抓不到。要回去就趕緊，割割刮刮還比較快，像我這樣，好累，手完全沒力，舉一點點，就好痛……好命，就應該被老虎咬去，馬上死……那種痛快。」一如空茫的命老還有太多皺摺的更扭曲變形破碎的洞口，掉落下去死了也找不到線索都找不到痕跡的外婆老是喋喋不休地說……

外婆好像空茫了，昏昏沉沉，失智老人般地令人擔心到讓她們著急回老家。

那是因為幾天前的母親近乎哭泣地跟她說，那天太過驚嚇……由於完全失常，母親每天打電話給外婆，以前每回都要聽她半說半哭一兩小時的心情不好種種疼痛，很多時候雖然都一直重覆恍神心情沉重，但是也還好……更奇怪的那天卻接電話的外婆竟然完全認不出母親的聲音始終問著：「妳是誰？妳是誰？」

她母親找她儘快動身趕下去老家，外婆已經完全無法下床地疼痛發作呻吟……有時還會失智到始終無法認人，現場那始終孝順的舅舅用心良苦……買了一張完全醫療用的高科技昂貴極了的病床，可以多角度旋轉彎曲但是卻放在那間老和室榻榻米床頭旁，分心的她一面安慰幾年前跌倒腰椎受傷就不太能動的外婆始終有孝順的母親與舅舅的窩心，卻老還想到混亂老舊又新穎機器裝置充斥著種種複雜儀表按鈕的床頭……彷彿科幻電影場景中的外婆雖然仍艱難曲折離奇地陷入空茫的有時無力感很深，但是一如金剛狼武士之戰那部電影中的那種日本最前衛又最傳統的奢侈……氣息奄奄又充滿預言感似的神通廣大。

母親勸外婆說，現在開始做被寵愛老公主般的老菩薩……或許因為那晚回到老家，外婆竟然後來又神奇般地恢復到某種神情疲憊不堪但卻仍是那麼好強地清醒慧黠，還就緩緩地對她們說：幸好有拜有保祐，太多認識一生的住在老街的老人，才是老菩薩，都好像是佛祖派來的，老想幫她多做點什麼，幫她梳頭，幫她剪頭髮，送好料給她吃，陪她念經念佛，甚至陪她說話說到睡著……

雖然更後來的外婆說著愈來愈瞎了的她右眼視網膜病變流血，一如當年她母親晚年的右眼雷同的病情愈來愈嚴重，後來太老就死不動刀，久了就看不見，眼皮浮腫，都是皺紋的眼洞還塌下去，她本來還老拿放大鏡硬要看線裝的古典小說字好小的種種傳奇演義……封神西遊神仙妖怪出其不意法術奇門遁甲鬥法的激烈、紅樓夢西廂記的貴公子落難的辛酸、施公案彭公案包公案的太多太多詭譎多變好看的陰謀曲折、明宮清宮祕辛嬪妃大內過度心機重重勾心鬥角的華麗……

然而她只是老分心打量和室死角老衣櫃上有個老家幾十年的老舊到有雨漬破爛不堪入目的發霉變質的怪異皮箱，細心的舅舅開玩笑地大聲說，外婆的老東西，你喜歡……她往生以後都可以留給你。她很尷尬就故意岔題地提說小時候為什麼完全不記得有這個老皮箱，母親說始終都有……甚至還有另一個更美更老的皮箱，箱身皮質因時光荏苒異質生成了不可思議的凹折彎曲轉向歪扭、陷落、由筆直成為摺曲的蜿蜒皮層流變由直而彎的摺曲複雜，但是老皮箱幾年前牛皮泡到房間漏水而發霉發臭到幾乎被蟲蛀壞……最後好捨不得地才哀傷地放棄送人，就為了買那病床而幾乎動老風水般地完全重新打理外婆太多年死守不能動的斑斑駁駁的榻榻米老舊和室，母親說舅舅好細心又好用心，終於讓那破房間見光了……老和室竟然變得怪異地好體面。

舅舅故意假裝不在乎地露出某種耐人尋味的淺淺的微笑說：「收拾妳外婆的和室，好像也沒動什麼，但是幾乎收拾出好幾大袋黑垃圾袋滿滿的外婆一生老捨不得的老東西，她氣得好幾天不跟我說話！」

外婆始終心情不好也睡不著，又毛躁又鬱悶，

還有更多一生一如破爛皮箱也被蛀壞的回憶細節都找回來了，身體不好心情更不好，枯瘦到只像雞爪般的手和手指都完全沒力，必須用老念珠念佛順道練那枯瘦的手指，在床頭，非常辛苦地用力，即使菩薩保祐，每天要念一百次一百零八顆佛珠的老念珠怎麼可能。

不那麼空茫的外婆卻開始埋怨更多的空茫……「移山倒海，老東西以前再難找都還在，只是找不到，現在……唉呀！都被丟了……」她始終念念不忘地訴苦……陪她下半生老和室的老東西都被舅舅一念之間的感情用事完全不能留地收拾殘局般地消逝了，一如前幾年有一個她一生念經的仙姑信眾道友來陪她還常常會來看她但是卻車禍三天急救回不來竟然就先往生了，一如提及老街老家對面那好幾戶的雕花老街立面最奢侈華麗的凹折彎曲轉向往復的多重製圖學般蜿蜒圖層的堆壘摺曲複雜豐饒無可預測不斷重複的差異的巴洛克風格建築古蹟群終究也拆了……

空茫……更一如母親幫外婆老找太多找不到的老東西，剪指甲找舊磨指甲刀時，打開那破爛的舊木盒抽屜裡還找到太多老時代的怪東西……念珠佛經老串佛珠紙錢種種灰撲撲舊佛具，生鏽斷裂的復健計數器，破爛不堪鉛筆鋼筆原子筆毛筆，大大小小奇形怪狀的各時期褪色凹痕膠囊藥錠，太多過期太久的髒兮兮膏藥噴劑藥丸狗皮貼布，老舊線裝已然缺頁的手工泛黃書頁的法華經地藏經金剛經……甚至只是每年都捨不得丟棄的破爛不堪數十年老農民曆。一如想要異質地改變世界拐彎生命衍異的縮影，然而衰敗崩塌迷宮的迷途暗示像外婆一生的遺憾與其生命無可預測又不斷重複的始終失調爭執與齟齬。

最後母親要幫外婆剪最後小指更深更難剪的腳指甲，一般腳指甲剪沒辦法剪那小指甲太厚，因為眼睛不好也想起以前都要先泡熱水泡夠久才能剪，但是那時開始老花的母親的眼睛也更看不清楚……老到更幾乎看不見指甲縫太多指縫肉縫骯髒沾黏不明分泌物的皺褶。

也因此更懷念地提起更多往事，母親跟她說，小時候最喜歡幫外婆一如外婆幫她母親生前最後幾年做的兩件事：做臉和剪指甲，但是洗頭髮就要找人來洗。太多事後來她想也沒辦法自己著手而更懷念……

空茫的外婆老懷念更多……老還記得太多太早的怪事，母親帶剛出生不久的她來給外婆看，早產兩個月的她從小就太瘦小手太細，母親從第三個月就臥床，始終安胎不太順，外婆始終捨不得也不忍心地嘆息：小孩只懷八個月是養不活……但是，沒想到她後來還是長到這麼大，外婆嘆了一口氣說：剛出生還奄奄一息，人很難說，妳小時候後來竟然還變成過動兒，後來每天都跑來跑去……還永遠都還是老不怕生地活跳跳惹事生非。

媽媽始終說不容易，一生母女感情時好時壞也不能怨嘆，是前生的緣分，外公早年就過世，外婆支撐老家一家很辛苦也很慘，倔強持家的她含淚帶母親舅舅每年清明上山祭拜父親掃墓，山路太崎嶇、墳太多、草太長、心情太難過。外婆還邊哭邊問路……始終找不到墳墓。

外婆老是在迷路時老還提起另一件怪事，外公過世多年撿骨收起再放回土葬的墓地前，時間還沒到，先送到一個老佛堂，因為依老時代規矩不能放家裡，等往生前算的好日子，必須先寄在一個風水好的大廟裡，但是諸多不明原因後來只找了一個又小又破的葬儀社好心借放，每種祭祀儀式的種種細節打理，充滿複雜的禁忌規矩，還因為太過匆促，出過事，外婆說她去找觀落陰的老仙姑來念經想要解卻解不了，她老會提起老時代怪事就念好久也懷念好久……怪事中惡兆一如因為老花到幾乎看不見太多指甲指縫肉縫骯髒沾黏不明分泌物的皺褶。

然而老和室中的她母親卻說那時候還小的她竟然完全不記得了……

回臺北後的她送母親回去前的最後，母親還提及她剛受洗改信的教會有一群美國的先知團來發預言，母親說以前曾經被預言說她以後會當牧師，變成一個很重要的牧羊人，他們彷彿是見證奇蹟般地奇幻，影響力龐大……母親的未來會和他們雷同，變成就像這群全球跑的先知，一生為人發預言。那妄想自己也可以當先知的母親老是會提起雷同的怪事……使她老因此想起有一回她母親找來醫生仔細地跟小時候憂鬱症的她提起的一種名為海馬體的位於腦顳葉內的怪異皺褶彎扭部位，兩個海馬體分別位於左右腦半球乃是組成大腦邊緣系統擔當著關於記憶以及空間定位作用。名字來源於這個部位的皺褶彎曲形貌雷同海馬。

更要緊在一如外婆後來逐漸陷入空茫的阿茲海默病中，海馬體老是首先受到損傷：症狀中的記憶力衰退而方向知覺的喪失。大腦缺氧以及腦炎導致海馬體損傷。在動物解剖中，海馬體屬於腦的演化過程中最古老的一部分。來源於舊皮質的海馬體在靈長類以及海洋生物中的鯨類中尤為明顯。但是與大腦皮層相比，靈長類動物尤其是人類的海馬體在端腦中只占很小的比例……但是卻影響情緒極大，尤其是一如她少年吃憂鬱症藥太多海馬體會太傷，老年更容易像外婆那樣得老年癡呆症……始終空茫。

先知預言的空茫……一如妖怪始終都躲在血肉模糊曖昧不明的皺縮黑洞……她對母親說：她心中始終懷疑地困擾著，奇怪的是，仔細想想，她最近也發作了像外婆腰椎受傷那次那種怪異的老傷，她以前從來沒這麼痛過，好像餘毒沒清光的或是腰間充滿層層疊疊的國畫中山水披皴毛筆乾筆畫出的怪異山崖波礫黑暗筆觸始終好像有個皺縮崩塌內凹的肉身黑洞，不知道通往那裡，也不知道多黑多深。那腰間黑洞像是牽連到另一種不可能明說的一如人體就是地獄的費解奧祕或是更古老的陰沉，像那種外婆小時候嚇她時老說水懺起源人面瘡的佛教老故事業報無法理解也無法逃離的最深的隱喻。

或是一如她那前一晚又再看到的某一部深夜的妖怪卡通《夏目友人帳》式的變種BL少女漫畫版式的雷同麻煩。那是她要回老家探外婆病前已然憂鬱症發作到自己應該要在家躺一個禮拜的快窒息的沉悶，但是，她卻回到有時會去的這家日系連鎖S咖啡廳，像沒去東京前的某個雷同發呆的日子，要下雨不下雨的悶熱又悶悶不樂的午後，但是，更熱了，抽菸的地方不像晚春那麼慵懶舒服了，像要忍受些什麼才能待下去的調調！有風，但悶熱地永遠撐不久。

但是在東京的那一家S咖啡廳本店可以坐沙發吹很冷的冷氣，看怪妹妹和花美男。她還看過有一個很像搞笑藝人的胖宅男，一直在跟他的朋友們用高難度的臉部神情變換所產生的古怪氣息認真地說話到很高潮然後裝死。但是，大家也跟著他的昏倒誇張到跌落地下抽搐，反而不去扶他，還一起踢他地都大笑了。好像在用一種她小時候看小叮噹裡常出現了的最簡單又最混亂的結局收尾對白：「死了，死了，好好玩。」那是一種極度奇怪的時光，他們在講一種她聽不懂的語言，過火的笑點和胡鬧的玩法都應該是她不可能了解的，但是，她卻彷彿都知道，他們的遊戲一如一種默劇，一種寓言般的狂言。

一如仔細想起的那晚看到她小時候最為憂鬱症所苦時光中唯一還著迷的《夏目友人帳》式再甜美一點的怪異畫面竟然還是療癒系而且是粉色系的迷茫，所有片中青春的主角們都很年輕還充滿了某種夏天的空氣中的蟬鳴般清楚地燥熱，高中生的暑假那種無聊又無心的卻可能完全充滿意外或少女漫畫式地浪漫可愛地唯美。她老覺得對始終腦門死角般地有個黑洞的自己而言異常地療癒，而且還更因為那部《夏目友人帳》其實骨子裡是一個關於妖怪的老故事卻更像是少女動漫的氣氛。主角因為從小就能看見妖怪，老實說出來的下場就是沒有朋友，由於父母死的早，必須在不同的親戚家住，直到高中有位親戚拿了一本老手帳，說是他外婆留下來的遺物，但每一頁都是鬼畫符，直到意外解開了某隻怪物的結界才知道這是外婆打敗妖怪後由妖怪寫下自己名字所累積成的老舊恩恩怨怨恐怖名冊，更後來的夏目才更費心地領悟到決定開始把名字還給妖怪是他一生的功課。

其實妖怪老故事都好像她始終困難重重地困擾著太久的陰霾籠罩童年才剛剛從昏迷狀態清醒，那些庸俗而日常的童年憂鬱症狀的人生顯得依然那麼理所當然，但是更仔細想想或許也只是她忘了，大多數人的人生本來就是這樣過的，只是她更小的時候出事而完全遺忘。

有時回去看小時候她寫下的那些怪夢的橋段，其實非常地慚愧。因為泛黃已久的童年本來也就只以為自己必然只能是個尋常人生裡的人，即使勉強揭開封印找到自己童年或別的妖怪的故事，但是，卻馬上就短路了。也可能由於太過在意那些小時候的怪夢才短路跑不動那裡頭牽涉太多牽動的各層結界像呵一口慘白霧氣或透露滲出的異常惡味般的浮在眼前，無法解釋地無法無天，凹陷的冤親債主卡好幾層的和室舊紙窗紙門。一如就困在外婆老和室裡的童年，那些怪夢的段落是畫龍點睛的最後通牒般的懸念……始終把太多小時候的老故事的線索接又糾纏的最後接頭。長大以後有時候回想起來又回帶般地回得太深太快，砍下很多其中的蛇足或歧途亡羊的岔開，裡頭一直有太多的夢和妖怪片的切入和跳空，用來切換那空茫和室裡的她太小而始終笨笨到打乖乖針打太多般的口腔期般地自我描述。對童年，對故鄉，對老家，對遠遠近近回憶的母親和外婆的敬畏始終太脆弱而始終膽顫心驚。

一如從小的她始終就是壞不起來，而使得她的憂鬱症老是很虛弱而必須依賴惡夢和妖怪片中故事的迷茫感重新拼接來沉冤待雪地翻案，這不只是她小時候的問題，也是她一生的問題，躲在一個乖小孩的軀殼太久，已然忘了當妖怪的滋味，反骨在腦後的必然招搖，老露出狐狸尾巴之類的又煩又哭又鬧。一如夏目和外婆神通的更幽微而神祕的連繫，一如夏目長年和她雷同地憂鬱情緒化……討厭打雷，從小就能看見妖怪，不過因為其他人看不見而認為他是在說謊以得到別人的注意因而經常受到同學欺負導致習於隱藏自己，老讓別人感覺他「人很和氣，但笑容假假的」。夏目出生不久父母雙亡而在許多親戚家收養中度過憂鬱的童年……夏目得到外婆的遺物友人帳後，開始了與貓咪老師歸還妖怪名字的一生。

在歸還名字後外婆的記憶會化為思念傳進他的腦裡，令他對外婆有更多的理解也更疲倦而厭倦。但是這已然變成是一個妖怪故事的少女漫畫版本。花美男的夏目與外婆有著雷同的臉還經常被妖怪誤認為是他外婆。雖然身體比較瘦弱但遺傳外婆的妖力非常高但是卻對妖怪持有感情，即使被貓上師認為是弱點也不想改變。

夏目對於自己女人般的外貌有些困擾甚至曾經被罵「人妖」、「娘娘腔」。但是他仍然擁有非常強大的妖力及連妖怪們也移不開眼的美貌，為了消愁才與遭遇妖怪交手並打敗妖怪們，雖不知從何習來但的確懂得法術且強大無比，連具有神格的高等妖怪都能打敗。

她童年最愛的那貓上師其實更是另一個被封印在招財貓裡的妖怪。因為夏目不小心弄斷封印的繩子而被解放，因為感恩後來就與夏目一起生活。可是因為多年被封印在招財貓中而被同化成為「像招財貓的貓」卻是個擁有強大妖力的妖怪，野獸外形在緊急時能變回原貌展現高強法力。「貓上師」能告訴夏目許多妖怪的事。夏目為了歸還「友人帳」上妖怪的名字而需要幫忙，就與貓上師約定如果夏目死了友人帳就歸牠。因為拒絕與外婆決鬥所以名字不在友人帳上的所有情節都是如此有點可怕又可笑。

她老記得小時候看到的最後一個畫面顯得那麼地療癒地荒誕。那血如滿地的老和室前的貓咪老師卻一點也不怕甚至完全不在乎，只是憤恨而自豪地對把牠當毛絨絨可愛動物寵物的高中女生們說：「外貌的招財貓可只是為了掩人耳目的怪肉身『容器』的我其實……可是一個大妖怪。」但是那天她還又看到的切入畫面只是高中生模樣的他們臉上貼著一張符，但是看到妖怪肆虐的他們並不吃驚，只是覺得那妖怪大概餓壞了，只是要大家再小心點。最後他們走進一個老教室長廊末端舊房間斑駁而骯髒的和室裡，紙門黯淡地打開之後，發現了裡頭很多人被那妖怪吃了，屍橫遍野，肢解的殘骸掉落在榻榻米的太多角落，木製的推扇格門和慘白的牆角都誇張地鮮血如注地瀉流滿地……

一如她跟始終無法忍受但是也無法抗拒的常年也雷同憂鬱症的母親說：不知為何她所感覺自己的狀態很不好，但或許不完全像憂鬱症的發病，或是母親小時候帶在教會學校太過心情沉沒憂鬱情緒谷底的她去看的心理醫生說的說話時兩眼之間有種快哭泣的神情，鼻側的淚溝肌肉有輕微但感覺得到的抽搐不安。她照鏡子發現自己的眼袋多兩大圈，果然暗沉而疲憊不堪到好像怪怪的。但是，她吃了幾天，先停下來了，因為不想再吃過那一種小時候吃太久的憂鬱症的藥，想到要吃就要更長期進入療程，吃很久不能突然斷藥，擔心憂鬱症的藥效很慢要持續再吃好幾個月的她老回想起自己小時候所吃過那麼久的藥或說進入那麼久的病的最裡頭。所以就想試試離開一陣子看看。過一陣再重新開始認真吃藥。不過母親實在太令她害怕，老幫她想了那麼周全的療癒計畫地太窩心。她其實因而想到的是另外的更後頭的暗示。對她們母女的黑暗面雷同的同情，進入與離開的閥門，浸泡太久的她變得也沒有那麼有把握，到底她們或尤其這幾年的她發生了什麼？或到底她們進了憂鬱的深谷多深，因而她們陪葬了更多人生的什麼？

更久的死寂之後。她也開始希望自己逃離到可能的種種空茫狀態……而找尋另一種療癒感的療效可能，一如那晚做了一個怪夢……

在那草率而荒唐的怪夢中，始終空茫到有點封閉而狼藉的古怪房間太像是一個有點幽暗的她房間改裝得不太舒服優雅的巴洛克風格小沙龍，或只是燭光曖昧不明的仿冒麻花柱身曲弧形牆體地荒腔走板的 lounge bar，甚至只是某個外婆小時候帶她們去過的深山破爛不堪怪旅館門廳的不明角落的不耐煩等候。

不知為何她和那些當年的很熟又很久沒見過面的青春期教會女校的舊同學們在那裡寒喧胡鬧，敘舊些當年的彷彿青春美好但是她最陷入憂鬱情緒的怪異時光……某些餘光閃爍的餘緒，就是那時候的種種畫面裡的奇幻時光的不幸福感，懷念也嘲諷，那些年也太瘋狂地風光，或是近乎不可能地像暗示聖誕晚會般的華麗但又無限空洞，大家彷彿提及天寶年間盛世的白頭宮女們那般地不勝唏噓詠嘆調地敘舊，空氣都凝結了，滿布的煙影飄浮就像是大霧密林也像是成癮症狀般呼吸器官快衰竭還猛吸好幾口地吸菸或更像都在某種嗑藥趴嗑過頭太High的彌留狀態……

但是外婆就突然走進來，也很High的她卻神祕兮兮地對大家說，給你們看一個怪東西。

那像是一個魔術師在太不經意的場所和剎那地貿然出手讓一個魔幻時光在最出奇的瞬間中打開，因為，後來那祕密房間的光突然變昏迷幽暗，出現了某種女音飄渺如女鬼的低沉配樂由遠而近，然後就從她身後那狹小的僅容旋身的窄門口慢慢地出現，打開的縫隙是那麼地逼近，但是，不可思議地竟然緩緩走進了一個一個盛裝的模特兒，美麗到令人不安的美人們，充滿了炫目的曲線肉身，那　瞬間竟然就變成是一個穿著一件件最前衛古怪的衣著極端秀麗的秀場，但卻完全是奇異地混合液般混種風格，以一種重新發明的慘白行頭蘿莉塔蕾絲來改裝硬調馬甲ＳＭ風系列，那整群走秀的模特兒少女群是那麼稱職地妖冶，既可愛天真又狂野性感，既古典浪漫又淫亂蕩漾，令人有種無法無天的感嘆。

　　但是，最後走進來的那長得很像送她去教會學校的她母親的主秀主角卻是另一種失控的完全意外。那是一個又高又瘦的怪異極了的最搶風頭女人，可是粉太死白妝太濃郁的臉仔細端詳鼻梁眉宇太高挺而僵硬，彷彿是被揍過鼻子歪掉又才整容回來那種怪怪的臉孔怪線條，仔細看卻竟然就是一個變性過的人妖男人。但是，就在她們都期待她用更性感甚至近乎做作誇張的姿勢表演起更多的貓步舞技時，她卻只是走到最前頭，用很猥褻的Ｍ字腿張開到最誇張地蹲下來，竟然下體是看不出性器官性別的毛髮濃密骯髒的一團，在那地上的長毛雪白地毯上更顯得太尖銳地對比衝突，但是，更令人不安的尾聲出現了，那是她一點也不在乎地緩緩扭臀舞動的停歇的最後，竟然開始凝視著所有的觀眾的注視，但是卻又旁若無人地在那現場所有人的屏息凝視中，邊吹口哨邊從容地開始……大便。

L'abécédaire de la littérature

字母會

P

評論

潘怡帆

comme Pli

「摺曲」是抹除時間的移動瞬間。它是卡夫卡小說裡的「但是……或者……然而……也許」，是在發生之瞬吸盡一切時間的黑洞。它的在場，使一切前述如表象褪皮，變得失真、失義；此外，經此轉折連詞（然則……可是……）所掀起的「續說」，它做為原事件的缺漏、補遺或去蔽，必然與「已說」平行共時。摺曲的時間既是在它誕生以前的（前述）時間，也是由其出生（內情）所抵消的時間，它以暴露前情的非真、虛構、不在（現實）時間之中來取代前情的時間。然而，這同樣也使得它的表達運動無法被併入由它的揭露所注銷的過去之中，摺曲因而成為「時間真空」的純空間位移，成為波赫士的直線即（摺曲）迷宮。波赫士的直線迷宮是沙漠的無法切割且永無止盡，是無論如何拚命運動都永恆無法前往下一階段的「把時間抽空」，換言之，那是無法切入任何時間之中的「在時間之外」、在「存在空間之外」的亡靈運動，一種無法積累的無間（無間斷）摺曲自身。

陳雪從一顆袖扣翻開層層摺曲，如同小瑪德蓮娜摺曲了整個貢布雷，阿爾貝蒂娜摺曲了巴爾貝克海灘的少女們；郭明光藍色絲質襯衫上的袖扣，摺有李靜月的一整個世界。摺曲攤展之後，小瑪德蓮娜不再只是外形矮胖如扇貝形狀的尋常點心，而是每次品嘗都必須耗費八十五頁的叨叨絮語，關於父親、母親、姨母與貢布雷年少歲月的神祕鎖鏈；阿爾貝蒂娜的臉龐則被分解加乘成整個系列的疊層，而她不過是占有首排的某個側影。她像是多頭女神，隨著表情的擺弄不斷幻化成她諸多女友們各自迷魅的千姿百態，一個接一個綻放，而每個新生姿態都毫無違和地融入前一張臉，共構成敘事者所謂愛情的模樣。這正是被李靜月緊緊攥在手裡，反覆刺痛手心的扣子：「微小、瘖啞、渺小，其重要性已經被時光、想像、記憶與情感充值加乘，變成外型碩大千萬倍，又因其私密的特質微小得如同塵埃。」袖扣因此不再僅止說明李靜月十九歲那年夏天的某個印記，而是使她從那時起無論往後或往前的歲月，都再只能為那三個月而存在的永生之扣。但這並非意味著她的生命就此停頓在那一時節，如同被永恆監禁在死去時刻的亡靈重複死之儀式；相反的，使她繼續存活的所有運動，都只為了前往或重返同一段時光。十九歲那年的夏天是李靜月的整個世界。透過她的鈕扣，我們得以窺見事物真實的模樣，進而發覺長久以來，我們如何自我哄騙存在著一陳不變的事物，即使我們從未親身感知。認識只以摺曲的方式發生；小說裡李靜月觀察著多變的袖扣，「對著桌前檯燈，白熾光線透過半透雲母、珠貝或化合質地的扣身，內裡細碎的紋路映入眼中，如月之斑痕、光的影跡，每次都呈現不同圖形」，或當她「透過右手拇指與食指的抓捏、輕旋、轉動，使燈光如太陽耀輝於月球，透現月光形狀，抑或使得那顆扣子如同切割成多角面的水晶般於不同斜線、角度、切面，呈現不同造影」。事物的形象總被差異的視角所摺曲，即使同人同景也無法複製一致的回憶。然而，不同的回憶無損其真實性，且正因為能一再被分割並增生成不同色澤和輪廓，才使回憶在不同時空與差異對象的心中皆能占有真切無誤的位置。如此看來，回憶所體現的也許是這樣一個事實，關於摺曲的事實。於是，當李靜月重複回憶著往事，她總是再次認識全新的過去，「或增或減，或刪除或擴充，但始終不逸出『事實』之外，她絕不捏造不存在的事」，而且還原了事物本質的千變萬化。這致使她必須拒絕那個逐漸被報章雜誌固定住輪廓線條的郭明光（大人物或喪妻者），以便挽救藏身於袖扣中，那仍在改變，仍舊生氣勃發的她的「郭」。而守護鈕扣的最終手段，便是使它消失。唯有時光遺失後，尋找才能以無止盡的方式來倍增時間，重現永恆；只有在鈕扣消失之後，愛情才能以永恆的方式進駐於回憶。

陳雪從鈕扣綻放摺曲，顏忠賢則透過複數的母親與女兒們將摺曲凹疊回內裡。通過母女間反覆置換與堆疊的身分交錯，小說逐步抓皺出像大腦皮層般密不透隙的摺曲。顏忠賢以橫跨世代的時間事件作標誌，借用小說來繪製出大腦圖譜裡記憶的模樣。然而這並不指向專屬於誰的記憶，而是記憶自身，所謂往事之貌。小說提到，往事是如煙的空茫與找不回的尋找，那是罹患阿茲海默症的外婆在碎裂且殘破的記憶抽屜裡（缺頁的法華經與鏽蝕斷裂的復健計數器……）逐一縫補出往事的描摩，以便讓「完全記不得」的母親能夠繼承那關於往事的新鑄回憶，洗去她正緩慢被撫平的海馬體，拉扯出新造的皺摺痕跡。由是，往事並非過去的復甦，而是架疊在記憶裂縫與斷層上的各種擴增或違建；主角「她」（孫女）從長輩們口中一點一滴地回想起關於她個人的出生、母親幼年的尋墳、與母親外婆的瘋狂閱讀年代……那些她理應不會有記憶的重生回憶。回憶的長度遠超過經歷它的歲數，它或許更涉及（或等待）遺忘，以便能更輕易地在任何破碎的回想中，毫無障礙地記起，且不斷地把每次追加的增量以更細緻的摺法再疊入同一顆頭顱裡。遺忘是為了以更巨觀的方式重新憶起，如同牢記到發皺的海馬體尋覓著另一個新的平滑胚胎，共構成一個龐大的記憶集團。繼承者們按著次序，逐一蛻變為龐大記憶的貯存容器：外婆的腦子裡摺疊著她母親與母親的母親的，甚至更久遠之前親人的記憶。她們透過彼此差異甚鉅的生命個體來懷念且積累著同一份回憶，那既是從虔誠佛教徒到教會先知團成員，再成為迷戀日本妖獸傳說的動漫少女的變化，卻又如此雷同地重複著被遺留下來的曾在時光，帶著同樣老花的視力幫老母做臉和修剪指甲、同樣長期病痩著腰椎所養活的傷，一代接替一代反覆摺曲出新的腦回。腦回間的皺褶是如此崎嶇蜿蜒地自顧自地生長，如同那塵封在和室死角，外婆的老皮箱「皮質因時光荏苒異質生成了不可思議的凹折歪曲轉向歪扭、陷落、由筆直成為摺曲的蜿蜒皮層流變由直而彎的摺曲複雜」。因為繼承並非變成，主角「她」與外婆雷同的空茫腦袋肇因於差異的海馬體傷害：抗憂鬱治療的副作用或逐漸窒息的大腦。那些使她誕生的記憶正不間斷地與她新體驗的感覺磨合，並且通過她生命經歷的延續為她們重鑄一個全新的形象，構成她此刻的模樣。這便是《夏目友人帳》的外婆與孫子，即使從繼承到被繼承間存在著巨大的變形（強大的外婆與羸弱之孫），在歸還（重複）陳年往事之瞬，將一把兜攏起所有從遙遠之處團聚到我們身邊的親人。那是顏忠賢小說裡，由母親為外婆細心修剪腳指甲的須臾所打開的繁花世界，外婆搖身變回記憶中為母親修剪指甲的女兒與自己的母親。而正是在這樣記憶總已沁入了一種既是女兒對母親的，又是母親對女兒的二重承澤中，我們才得以回到那總已被記得與將被記得的記憶重啟（誕生）之前。

陳雪與顏忠賢演繹了摺曲的開闔，童偉格則通過折子戲的方式（小說以〈羽毛〉、〈老人〉、〈探親〉等段子摺摺相接），觀察摺曲的細部，撐開小說裡的山村：「山村是絕大多數人的異鄉，一如那島，一如若你用手指撐開一切地理摺曲，你能翻找出來的聚落。」折子戲原是從全本戲中拆出的精采片段，它們原本是內在於戲劇的部分，卻因肩負引領全戲發展而成為重要曲摺，甚至最終成為可以獨立存在的蘊含（或吃掉）最多故事的經典劇中劇。如同《牡丹亭》的〈驚夢〉或《白蛇傳》的〈斷橋〉，透過揭露全戲精髓，它們被單獨摺出。換言之，折子戲是透過幾個段子的細節雕琢，而將遠遠巨大於其體積的全劇反摺入腹，它以攤展摺曲而再次摺曲，並使所有打開的折子皆因其內在反摺的同時在場，指出完全攤平摺曲的絕無可能，「其實，這挺像是當你從一場惡夢中醒來，發現自己還在另一場惡夢裡一樣。只因多年前，在舊王時代，這樣的事發生過無數回：你好不容易焚毀異邦城池，拓展帝國邊疆，循那帶沙漠回返，看見四野茫茫，所謂『全世界』這概念對你而言，就更愈模糊地大。」折子戲乍看以顯微鏡採集羅列的各種細枝末節，其實是透過高倍數天文望遠鏡去窺探那些極為遙遠，並因此顯得細小難辨又彼此相仿的各類星群。如同〈打獵回書〉的每個姿態都能攤展放大成《白兔記》的全本，每一折子的張開總已意味著把另一個更巨大的世界向內摺入；小說裡「鳥一隻，老鼠一隻，及青蛙一隻」摺曲著斯奇提亞人因無文字而不受此限的豐沛語義；斯奇提亞婦人最後送出一片飛鳥羽毛的家書，將小說結局反摺向開場的永恆啟動：吐露母親沉默中千言萬語「抖落一路鴨毛」的羽絨背心。張開折子是為了摺入更多；為了含納整個世界（整本戲）於其中，折子成為背反部分（戲中的一個橋段）的整體，它一方面是對既有的重演，另一方面也是有別於過去的新敘事。在斯奇提亞婦人延續族群血脈根植於生命的遷徙長路裡，摺曲了兩千年後開往死亡集中營的火車鐵道，生之途凹折著未來的死亡。折子對自身做為部分的背叛，將同時使它成為原初劇本的域外，它在內部細節處摺入折子外的劇情，既是對折子（部分）的再折，也是重構劇本的另一摺，最終導致「非此非彼」的命運。每一個它對過去的摺入，都構成另一背叛過去而指向未來的摺出，這使它成為鄰近卻不同於自身的另一個在場，一個永恆以未完結來完結的敘事，或確切地說，使表達遠多過寫入而孕育未來的場域。折子因摺入比之更大者而脫離自身，投向未來；波希戰場上的老人帶著族親的毛髮，三千年後的「他」穿著母親給的露毛背心；斯奇提亞婦人見證漫天蓋地的鳥羽，「他」的背心在半空爆散細碎毛絮；老人預言了非必要的戰役，他到了無事發生的前線……每個折子總已彼此摺入，「你每碰一回，世界就比你原先直觀的再縮得更小」，這是摺入無限宇宙的一顆單子與無數單子共構的同一宇宙。於是，在萊布尼茲的四個世紀後，我們再次從童偉格的折子戲裡重窺單子宇宙對未來的摺入。

童偉格的折子戲張開三千年幅員間的彼此映照，並最終以芥子納須彌之姿，把敘事再度還原回一片飛鳥羽毛；黃崇凱則通過一個句子，構成可無限攤展「生」的摺曲。普魯斯特以一句「有很長一段時間裡，我都早早上床」，攤開成七卷小說；喬哀斯把一千頁的內容摺入布盧姆在都柏林的一日；在黃崇凱這篇練習寫作的小說裡，正是關於如何把設定好的一句陳述，打開成完整故事的過程：「想像你是被綁架到鄉間廢棄屋的富商，相隔一個月，警察破獲救出你。」靠著細節調校，人物刻劃、增員與活動，敘事者在字與字中間掏翻摺曲，像打開立體書，讓原本簡單的陳述成為擴增實境，讓擠壓的世界從攤開的平面中矗立，長成具體的地方與景觀。細節繁殖出世界，然而，架構清晰的富商綁架故事卻屢屢在平鋪直敘的描述中插入突梯與怪異的情節轉向，例如讓富商變成狗，或在看守小弟乙塞滿女人畫面的腦子裡植入三虎並行的景象……寫作彷彿時時遭受病毒攻擊的word檔，從螢幕上顯現出並非來自於作者的說法。每當這種時刻發生時，敘事者便把矛頭指向同為寫作練習生的小明，由是，通過不規則的敘事變化，我們察覺另一個敘事者的在場與他的寫作：「一個正在編寫練習的傢伙在編寫一個正在想著編寫練習什麼的傢伙……當我們以為故事情節是無故來腦中登記報到的時候，可能是有更高的存在正在編寫我們，就像我們可以編寫另一個時空那般。」小明的後設思考則引來寫作老師「空有想法是不夠的」的批評，必須讓陳述長出層次豐富的肌理血肉，像是影射著敘事者與隨著他的編寫而日益真實的富商故事。由是，乍看單純的寫作練習被黃崇凱多層次的內外凹折，「敘事者寫富商的故事」同時是小明正在進一步編寫細節的敘事，然而，其實是經由綁架富商的寫作，小明與他的敘事才在場。富商的故事既是最裡層，也是最外層，它一方面從內部衍生富商與兩名看守小弟甲乙，另一方面，敘事者、老師與小明也通過對它的編寫、修改與改造，成為由它檢證的在場。由是，敘事在誕生的同時敘事者也被誕生，構成無止盡誕生的循環。因此，當富商開始在自己的敘事裡回憶身世、釐清綁架起因且想要逃離被算計，他便遭卡車撞死。富商必須死，一旦他發現綁架與算計皆是敘事者設計好的編寫，他便逃離敘事者的掌握，脫離循環，使敘事者因為無法繼續編寫而無法持續存在。敘事者像在富商腦中塞入冷笑話，在小弟甲腦中塞入晉升，在小弟乙腦中塞入女人一般，把富商的故事塞入自己腦裡，通過「我思故我在」的方式維生。因而富商一死，小明當機立斷地把整起事件塞入老虎的腦子裡，以便延續敘事，延續從富商故事裡誕生的一切：富商自己、小弟甲乙、三虎、老師、小明與敘事者。在小明無限後退的小說編寫次序裡，唯有持續編寫才能存在。然而，持續編寫並非使敘事者成為敘事的起源，通過小明最後對敘事者提出「你將會失去襯衫」的警告，我們找到啟動敘事的關鍵開場，回想起敘事者正是通過「練習書寫穿上襯衫」的敘事才開始存在。黃崇凱在敘事者與敘事之間形構了「雞生蛋、蛋生雞」的相互生產關係，使書寫小說總已意味著對書寫者的重新誕生。由是，黃崇凱的字母P反摺入陳雪在字母O（作品）的永恆創造之中。

黃崇凱在寫作的內部製造誕生與被誕生間的反覆凹折，胡淑雯則在旅行途中摺曲出不存在的時間，闢出無有的零度空間。因為沒候補上機位，敘事者與母親掉入預定時程表的時間夾縫，獲得多出來不該存在旅行之中的一日時光，到了名為「法國」的地方而非國家。她們用應該出現在飛機上的時間，去了額外的地方，使時間從筆直無意外的返回台北，被微微曲凹出駱以軍在字母P中提到的「時光的彎曲」。比起平滑直線的時速，因為多出一天，時間的運動路徑向下垂墜成彎弧，無形中展延了時間的長度。這被微變形而拉長的時間將會隨著母女倆結束旅行，回到台北日常中而回復原有的彈性與形狀。在返回常態時間前，她們已意外被拋擲入旅行外的旅行中而置身於消失的時光中。多出來的時間源自於把直線凹曲成弧線的時間延展，在這個因拉長而質量驟降與變薄的不存在時空夾縫中，敘事者與母親來到了「法國」的亞版，那有別於地處西歐的溫帶大國，勢必需搭乘纜車才能抵達的越南峴港裡，名叫「法國」的地方樂園。她們在不存在的時間裡到了不存在的地方，此處的所有區域命名都將再度被轉往距此遙遠的，這個熱帶國度的前殖民帝國。在此處，從「馬賽」到「波爾多」步行只需三分鐘，轉乘五分鐘的纜車便可抵達「羅浮」；遍處是飾演法國人或歐洲人的澳洲白人與扮演著「自己」的白種女演員……不同於小人國與迪士尼等憑空創造但別無分號的想像樂園，「法國」是藉著模仿使自己消失的不存在之域，是緊緊黏附於原始國的影子膜。「法國」以創造法國印象來洗滌關於此地的記憶，是使人置身其中卻神遊他方的吉訶德空間，使所有的遊客都洋溢著與此地無關的歡愉。然而，正因此才足以讓敘事者母女在神的眼皮底下，以零增量的方式，神不知鬼不覺地偷渡了多餘的一日。以不存在之地兌換了不存在的時間，因而敘事者無法提出任何觀光了一日的時間證據，而母親所拍攝的羅浮宮與教堂都已略過此地的濕熱，遙指向彼方的遠土。她們確切的在此處度過了一日，然而在盤查軍人的眼裡形同不存在，恰似對此不存在之域的重複指認。唯有通過母親出示不存在之域的照片，充滿「法國風味」的照片，才得以驗證二人在不存在之域的存在；相反的，實際存在峴港旅館的房卡或付費的隔日早餐券，卻成為最無法驗證存在之物，這便是不存在之域的法則。在時間與空間皆不存在的二重疊層間，敘事者與母親卻分別瞥見至真之物，那是只有瓢蟲一半大小的熱帶昆蟲與屬於越南的白色巨佛。在極微小的體型與無遠弗屆的心靈交錯間，胡淑雯把不可見的摺曲還原回可見，那是敘事者與母親在不存在之域中的存在，也是為了能存在於不存在時間中的不存在之域，以及為了多出來才能消失的「不存在時間」的在場。因為被凹折到裡層而不可見，狀似不存在的摺曲其實從未消失，它是「法國」的存在，唯有通過攤展與再摺曲的運動才得以翻開窺見的地底繁複紋層。於是，敘事者說：「原來，進入法國的管道不止一種。」摺曲在消失的同時存在。

胡淑雯製造不存在的時空揭露摺曲，駱以軍則使存在的空間消失，反摺摺曲。在事件紛呈的情節裡，敘事者反覆追問：「我（姊）可能被霸凌過」與「或許我（姊）並沒有被霸凌」的二重懷疑。由此衍生了「存在過？發生過？算是嗎？有沒有？有嗎？或許沒有？」等猶豫，使敘事者眼前的世界開始搖晃。問句隨著不同的演繹方式形構了事件的各種版本，成為同一世界的多重在場，而非不相干的平行宇宙。平行宇宙隨著每一次的差異選擇，最終會以發散軌跡分道揚鑣。因為不同的判斷、處境與思想都在削弱「我之為我」的同一本質，使兩個「我」最終只能在相互差異的情況下，終結「同一個我」的平行雙列。《雙面薇若妮卡》通過相似的音樂天分，走向不同的抉擇，而薇若妮卡的死亡最終瓦解了她與另一位薇若妮卡之間的平行宇宙。相反的，同一世界的多重在場是無法取消的永恆共在，因為它（們）就是原事件，是直線與狀似不可見之摺曲線的同一性在場。相同的事件通過光學的差異視線能凹摺出位移的軌跡，那是笛卡兒以杯水折斷的筷子，筷子在沒斷的同時斷了；或通過「兩條永恆平行的直線將相交於視線最遠處」的觀察，光學上的消失點與概念上的平行成為共時具備的二重知識。兩種以上的共時並存，取消雙眼聚焦的可能，亦即「只有一個」的真相與世界；它以切割眼球的方式，格出網狀的複眼世界，那是世界被重拼為馬賽克圖像的模樣，有別於高清畫面，它的低解析度使事件的輪廓線相互溶成印象派的色調互滲，通過分格的散視，使世界同時展現無限世界的可能。因而小說裡的追問是為了能以「日後回想」的方式重新凹摺世界，脫離單一景觀。「日後回想」以前行的姿態回返，其路經的時間總已被曾經發生過的「已在」佔據，只能以「非其所是」在場，從而成為非已在且對已在的彎摺，換言之，它是已在的平行摺線，而非外於已在的另一個新在場。回想因而是「全像照片」的概念，它使相同事件產生多重或環狀觀點的強迫裂腦，使單一「我」與無限個「我」的視點紛呈共在而模糊了事件的在場。這是無盲點造成的全景全盲，多重焦點招致無法聚焦的散光，影像摺曲導致視線的模糊消失，是以「過度看」的全像區辨於「什麼也沒有」的看不見。過度注視未使事件變得簡單或清楚，不同條件的注視、錯視與重新檢視像彎曲的光線曲扭了事物乍看平滑的表面，以豐富的細節抓皺與纏繞事件。以多重繁複的觀看去包裹事件正是小說通過「消失的廁所空間」給出的寓意。被磨豆聲屏蔽掉的廁所其實從未被搬移，「消失」因此無關乎神的摘除術，而是為了指出魔術師的障眼法。魔術師並未取消或改變世界，他做為燈光師，以打燈摺曲直視，以散視渡換無視，換言之，他製造分心與分歧的多焦觀看以便給出想像之外的新的世界。魔術師的世界並非另一個世界，而是人們熟悉的世界所呈現的奇特形象，因而他透過摺曲感覺來引發的錯覺總會同時帶著無比真實的熟悉感，誘人走出常規，並側身返摺到觀看事件的另一角度，像是被磨豆聲打開的隱藏空間，也是未曾從眼前消失過的廁所。而這正是文學對世界的摺曲，小說家並非原封不動地把世界明擺眼前，而是從人的觀看中誘發光學幻術，因此，他所呈現的從來不是世界的表面，而是透過摺曲散射出世界的厚度。文學因此是摺曲而非直線，是使認識陌生化的轉圜、迂迴與溫情，是拆散系統化的分歧者，是無盡相似的不可能抄襲，是未曾離開而對宇宙深處的抵達。

摺曲是異質力量的崛起，它是楊凱麟的「破格延伸」，陳雪的「側身閃神」，顏忠賢的「另一種不可能明說的費解」，童偉格的「逼近結論的驚悚」，黃崇凱的「無限延長的現在」，胡淑雯的「跟我記得的似乎並不一樣」與駱以軍的「但現在我不是要說這個」，那是在結局降臨以前，已然昂首的重啟。

作者簡介

◉策畫

楊凱麟

一九六八年生，嘉義人。巴黎第八大學哲學場域與轉型研究所博士，臺北藝術大學藝術跨域研究所教授。研究當代法國哲學、美學與文學。著有《虛構集：哲學工作筆記》、《書寫與影像：法國思想，在地實踐》、《分裂分析福柯》、《分裂分析德勒茲》與《祖父的六抽小櫃》；譯有《消失的美學》、《德勒茲論傅柯》、《德勒茲，存有的喧囂》等。

◉小說作者（依姓名筆畫）

胡淑雯

一九七〇年生，臺北人。著有長篇小說《太陽的血是黑的》；短篇小說《哀豔是童年》；歷史書寫《無法送達的遺書：記那些在恐怖年代失落的人》（主編、合著）。

陳雪

一九七〇年生，臺中人。著有長篇小說《摩天大樓》、《迷宮中的戀人》、《附魔者》、《無人知曉的我》、《陳春天》、《橋上的孩子》、《愛情酒店》、《惡魔的女兒》；短篇小說《她睡著時他最愛她》、《蝴蝶》、《鬼手》、《夢遊1994》、《惡女書》；散文《像我這樣的一個拉子》、《我們都是千瘡百孔的戀人》、《戀愛課：戀人的五十道習題》、《臺妹時光》、《人妻日記》（合著）、《天使熱愛的生活》、《只愛陌生人：峇里島》。

童偉格

一九七七年生，萬里人。著有長篇小說《西北雨》、《無傷時代》；短篇小說《王考》；散文《童話故事》；舞臺劇本《小事》。

黃崇凱

一九八一年生，雲林人。著有長篇小說《文藝春秋》、《黃色小說》、《壞掉的人》、《比冥王星更遠的地方》；短篇小說《靴子腿》。

駱以軍

一九六七年生，臺北人，祖籍安徽無為。著有長篇小說《匡超人》、《女兒》、《西夏旅館》、《我未來次子關於我的回憶》、《遠方》、《遣悲懷》、《月球姓氏》、《第三個舞者》；短篇小說《降生十二星座》、《我們》、《妻夢狗》、《我們自夜闇的酒館離開》、《紅字團》；詩集《棄的故事》；散文《胡人說書》、《肥瘦對寫》（合著）、《願我們的歡樂長留：小兒子2》、《小兒子》、《臉之書》、《經濟大蕭條時期的夢遊街》、《我愛羅》；童話《和小星說童話》等。

顏忠賢

一九六五年生，彰化人。著有長篇小說《三寶西洋鑑》、《寶島大旅社》、《殘念》、《老天使俱樂部》；詩集《世界盡頭》；散文《壞設計達人》、《穿著Vivienne Westwood馬甲的灰姑娘》、《明信片旅行主義》、《時髦讀書機器》、《巴黎與臺北的密談》、《軟城市》、《無深度旅遊指南》、《電影妄想症》；論文集《影像地誌學》、《不在場——顏忠賢空間學論文集》；藝術作品集：《軟建築》、《偷偷混亂：一個不前衛藝術家在紐約的一年》、《鬼畫符》、《雲，及其不明飛行物》、《刺身》、《阿賢》、《J-SHOT：我的耶路撒冷陰影》、《J-WALK：我的耶路撒冷症候群》、《遊——一種建築的說書術，或是五回城市的奧德塞》等。

◉評論

潘怡帆

一九七八年生，高雄人。巴黎第十大學哲學博士。專業領域為法國當代哲學及文學理論。著有《論書寫：莫里斯．布朗肖思想中那不可言明的問題》、〈重複或差異的「寫作」：論郭松棻的〈寫作〉與〈論寫作〉〉等；譯有《論幸福》、《從卡夫卡到卡夫卡》，二〇一七年以《論幸福》獲得臺灣法語譯者協會第一屆人文社會科學類翻譯獎。

字母 20

字母會P摺曲

作者——楊凱麟、胡淑雯、黃崇凱、童偉格、駱以軍、陳雪、顏忠賢、潘怡帆

總編輯——莊瑞琳
責任編輯——吳芳碩
行銷企畫——甘彩蓉
封面設計——林小乙
排版設計——張瑜卿

社長——郭重興
發行人兼出版總監——曾大福
出版——衛城出版／遠足文化事業股份有限公司
發行——遠足文化事業股份有限公司
地址——二三一四一 新北市新店區民權路一〇八—二號九樓
電話——〇二—二二一八一四一七
傳真——〇二—八六六七一〇六五
客服專線——〇八〇〇—二二一〇二九
法律顧問——華洋國際專利商標事務所 蘇文生律師
製版——瑞豐電腦製版印刷股份有限公司
初版——二〇一八年六月
定價——二八〇元

國家圖書館出版品預行編目資料

字母會P作品／楊凱麟等作.
－初版－新北市：衛城出版：遠足文化發行，2018.06
面；公分－（字母；20）
ISBN 978-986-96435-2-8（平裝）
857.61 107005946

ACRO POLIS 衛城

字母會 FACEBOOK

填寫本書線上回函

● 親愛的讀者你好，非常感謝你購買衛城出版品。
我們非常需要你的意見，請於回函中告訴我們你對此書的意見，
我們會針對你的意見加強改進。

若不方便郵寄回函，歡迎傳真或EMAIL給我們。
傳真電話——02-2218-8057
EMAIL——acropolis@bookrep.com.tw

或上網搜尋「衛城出版FACEBOOK」
http://www.facebook.com/acropolispublish

● 讀者資料

你的性別是 □ 男性 □ 女性 □ 其他

你的職業是 ________________ 你的最高學歷是 ________________

年齡 □ 20 歲以下 □ 21-30 歲 □ 31-40 歲 □ 41-50 歲 □ 51-60 歲 □ 61 歲以上

若你願意留下 e-mail，我們將優先寄送 ________________ 衛城出版相關活動訊息與優惠活動

● 購書資料

● 請問你是從哪裡得知本書出版訊息？（可複選）
□ 實體書店 □ 網路書店 □ 報紙 □ 電視 □ 網路 □ 廣播 □ 雜誌 □ 朋友介紹
□ 參加講座活動 □ 其他 ________

● 是在哪裡購買的呢？（單選）
□ 實體連鎖書店 □ 網路書店 □ 獨立書店 □ 傳統書店 □ 團購 □ 其他 ________

● 讓你燃起購買慾的主要原因是？（可複選）
□ 對此類主題感興趣
□ 參加講座後，覺得好像不賴
□ 覺得書籍設計好美，看起來好有質感！
□ 價格優惠吸引我
□ 議題好熱，好像很多人都在看，我也想知道裡面在寫什麼
□ 其實我沒有買書啦！這是送（借）的
□ 其他 ________

● 如果你覺得這本書還不錯，那它的優點是？（可複選）
□ 內容主題具參考價值 □ 文筆流暢 □ 書籍整體設計優美 □ 價格實在 □ 其他 ________

● 如果你覺得這本書讓你好失望，請務必告訴我們它的缺點（可複選）
□ 內容與想像中不符 □ 文筆不流暢 □ 印刷品質差 □ 版面設計影響閱讀 □ 價格偏高 □ 其他 ________

● 大都經由哪些管道得到書籍出版訊息？（可複選）
□ 實體書店 □ 網路書店 □ 報紙 □ 電視 □ 網路 □ 廣播 □ 親友介紹 □ 圖書館 □ 其他 ________

● 習慣購書的地方是？（可複選）
□ 實體連鎖書店 □ 網路書店 □ 獨立書店 □ 傳統書店 □ 學校團購 □ 其他 ________

● 如果你發現書中錯字或是內文有任何需要改進之處，請不吝給我們指教，我們將於再版時更正錯誤

____
____
____
____
____

請沿虛線剪下

廣　告　回　信
板橋郵局登記證
板橋廣字第1139號

請直接投郵•郵資由本公司支付

23141
新北市新店區民權路108-2號9樓

衛城出版 收

● 請沿虛線對折裝訂後寄回，謝謝！

ACROPOLIS 衛城出版